死にたくないならサインして

自業自得（じごうじとく）／さとるくん／呪（のろ）いの楽譜（がくふ）

日部星花・作
wogura・絵

集英社みらい文庫

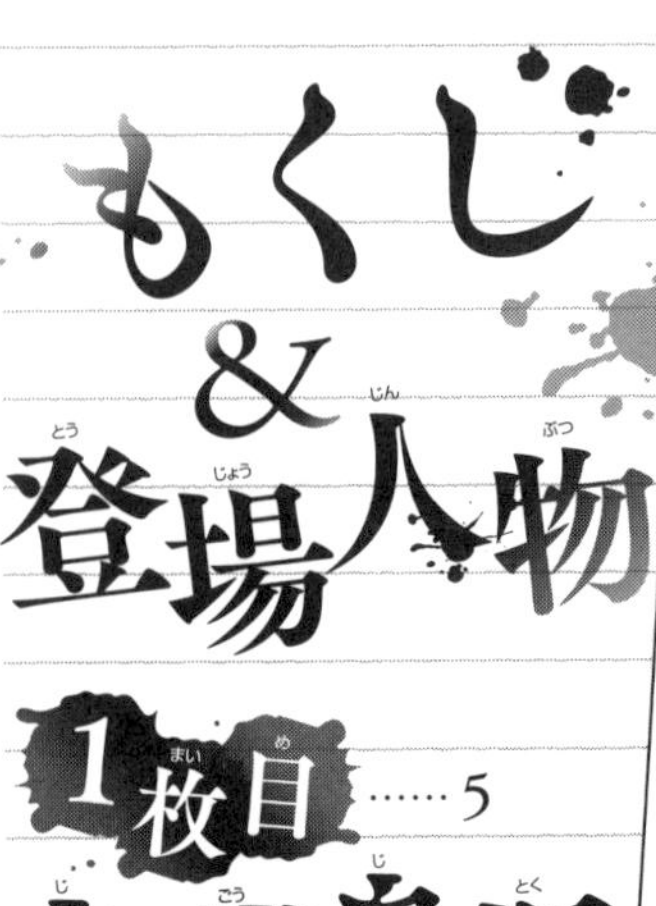

もくじ&登場人物

夫畑中学1年1組。
【怪異対策コンサルタント】を
名のるミステリアスな美少女。

緋宮せいら

中学1年生。
「ナッちゃんねる」の動画配信者。
チャンネル登録者数はもうすぐ1万人。

大久保夏妃

大久保夏妃（中1）は
地元ではちょっと
有名な動画配信者。
あとから配信をはじめたのに
自分より人気の同級生、
豊橋くるみのことをうとましく
思っている。

中学1年生。
夏妃と同級生。「歌ってみた」動画が
人気の配信者。登録者は2万人弱。

豊橋くるみ

再生回数を稼ぐため、
ホラー企画を
やることにした夏妃だが、
くるみが自分をハメようと
していると知って……？

日吉結菜（中2）は同じクラスの小林陽介に片思い中。親友だと思っていた波多野かりんが、結菜の恋を応援するフリをして実は小林と付き合っていると、クラスメイトから知らされて…。

日吉結菜
夫畑中学2年1組。ダンス部所属。
かりんを親友だと思っている。

波多野かりん
夫畑中学2年1組。ダンス部所属。
クラスでも目立つ明るい美少女。

望月洸希
夫畑中学1年3組。
せいらの幼なじみ。
東京に引っ越したが戻ってきた。

望月洸希（中1）には悩みがある。妹のゆりなが引っ越しを機に見つけたある楽譜を手にして以来、憑りつかれたようにピアノを弾き続けることだ、昼夜を問わず――。次第に家族が壊れていき……!?

望月ゆりな
望月洸希の妹。

続きは本文を読んでね

Shinitaku
nai nara
Sign shite

1枚目

自業自得

1

「チャンネル登録、よろしくねー！」

笑顔で手をふって、少しおいてからカメラを止める。

わたしは笑顔を消してふうとため息をつくと、撮った映像を確認する。

「……うん。まあ、こんな感じでいいかな」

わたしは**大久保夏妃**、中1。

ナッちゃんねる、というチャンネル名で動画配信をやっているヨウチューバーだ。

ヨウチューバーになったのは小5のとき。いまは中1なので、2年以上も動画配信をつづけているということになる。

「はあ。最近、ぜんぜん登録者数のびないなあ」

パソコンの画面を見てまた、ため息。

そう。ここ最近の「ナッちゃんねる」のチャンネル登録者数は横ばいだ。

毎日とはいかないけど、たくさん動画を投稿してがんばってるのに、ぜんぜん視聴回数がのびない。そこそこ人気、それでおしまい。

しかも悔しいのは、もうすぐチャンネル登録者1万人だっていうのに、あと一歩のところで止まっちゃってること。

「あーあ、うまくいかないなぁ。くるみはバズってたのに……」

わたしは、リアルでも知りあいの中学生ヨウチューバー、**豊橋くるみ**を思いだす。

「くるみん」のチャンネル名で活動しているくるみは、わたしよりも半年おくれて配信をはじめたのに、すでに登録者数２万人以上の歌い手だ。

もともとかわいい顔だちをしているからか、くるみはあたらしい動画をあげるたびに、「かわいー」とか、「歌うまいー」とか言われて大人気だ。

（ちょっと顔がいいからって、人気歌手ぶっちゃって）

しょせんは顔で人気がでただけで、歌で評価されてるわけじゃないのに。しかも顔だって、アイドルにはぜんぜん及ばない。

わたしみたいにコンテンツのおもしろさで勝負できないから、見た目をたよりにするしかないんだろうな。それでたまたま人気がでたからって、調子に乗ってる気がする。

ふんっと鼻をならして、わたしはパソコンを閉じた。

「はーあ。気分わるっ」

どうにかしてバズれないかなあ。

そうすればわたしだって一気に人気配信者の仲間入りできるかもなのに。

「夏妃？　ごはんよ」

「……はーい」

お母さんに呼ばれたので、一回考え事をやめて、自分の部屋をでる。リビングからは、ハンバーグソースのにおいがただよってきていた。

キーンコーンカーンコーン——
終業の鐘がなり、帰りのホームルームも終わったところで、「ねえっ」ととなりの席の

春川悠花に話しかけられた。悠花はこの1年A組の華やかなグループのリーダー的存在の女子だ。

「どうしたの、悠花？」

「夏妃、今日一緒に駅前のモール行かない？　うちらのグループでコスメ見に行こうって思ってるの。夏妃、そういうのくわしいでしょ？」

だから教えてほしくて、おねがい！　とわたしにむかって手をあわせる悠花。

ヨウチューバーとして人気が出はじめたころから、けっこう仲良く話すようになったけど、遊びに誘ってもらったのははじめてだった。

わたしは少しドギマギしながら、「そんな、わたしなんて」とケンソンしてみせる。

「悠花の方がトレンドとかよく知ってそうだし、美人だし。わたしなんかが教えるなんてムリだよ」

「そんなことないよ！　うち、夏妃の動画見て、いつも夏妃ってスゴイって思ってるんだよ。かわいいものいっぱい知ってるんだなって」

だって夏妃、インフルエンサーじゃん、と言われる。

わたしは「そうかなあ」と頭をかいて照れ笑い。――正直、クラスの1軍女子にもちあげられるのは、気分がよかった。

「わたしでよければつきあうよ。企業さんにも今季のトレンドとかちょっと聞いてるんだ」

「えー！　すごーい！　じゃああとで……」

と、悠花がそこまで言ったとき。

「夏妃ちゃん、いる？」と、イヤミなくらい女の子らしい声が、教室の入り口から聞こえてきた。

「あっ、くるみん！」

「えっ、ほんとだ。くるみちゃんだ。うわ～、かわいい」

でた。豊橋くるみ。

わたしがちょっと顔をしかめると、さっきまでわたしをもちあげていた悠花が立ちあがり、「くるみーん！」とはしゃいだ声をあげてくるみにかけ寄っていく。

「昨日アップしてた、歌ってみた動画見たよ～！　あの曲めちゃいいよね！　くるみんめっちゃカワボだった〜」

「ほんと？　ありがとう悠花ちゃん！」

くるみが照れ笑いする。その目に優越感がはっきりと浮かんでいるのがわかって、またイラッとしてしまう。

「そうだ、あのさ！　良かったらくるみん、こんどうちと、うちの彼氏と、あと大地と4人でネズミーランド行かない？　大地がなんか、くるみんに気があるみたいでさあ。一緒に遊ぶチャンスほしいっぽいんだよね〜」

「ええっ、神崎くんが？」

わざとらしく驚いた顔をするくるみ。聞き耳を立てていたわたしも啞然としてしまう。

――神崎大地くんは1年生で一番人気のイケメンだ。かくいうわたしも、ほんのちょっとだけ彼にあこがれていた。

その神崎くんが、くるみを？

しかも悠花と、悠花の彼氏と、テーマパーク――？

（なにそれ……）

くるみとは小学校のときから同級生だったので、昔のこともよく知っている。くるみは昔から顔はかわいかったけど、ぜんぜん目立つ女子じゃなかった。

それなのに1軍女子と一緒にテーマパーク行って、陽キャ気どりってわけ？

「あ、そうそう。これからうちら、ショッピング行くんだけど、くるみんもくる？　夏妃もくる予定だよ」

（えっ）

思わず顔がひきつりそうになった。――くるみが一緒にくる？　買い物に？

どうしよう。それはフツーにいやだ。つくり笑いをずっと維持できる気がしない。

するとくるみはこまった顔で「ごめん」と言った。

「さそってくれるのはうれしいんだけど、今日はちょっと夏妃ちゃんに用事があって……用事っていうか、相談っていうか」

（は？）

相談？　聞いてないんだけど。

そもそもくるみがわたしになにを相談したいっていうんだろう。

「夏妃に相談ってことは、配信のこと？」

「まあ、そんな感じかな？　……夏妃ちゃん、時間ある？」

「あー、ごめん。聞いてたと思うけど、わたしいま悠花たちと遊び行く約束しちゃって」

くるみと仲良くおしゃべりなんてできない。

だから都合よく悠花との約束があってよかったと思ったけど、

「え、いいよいいよ。そういうことならうちらのことは後まわしで！」

その悠花にそう言われてしまった。

「人気配信者どうし、話したいことあるならそっち優先しなきゃ！　ふたりって、おたがいが唯一無二の仲間みたいなものじゃん」

「ごめんね悠花ちゃん、気をつかわせちゃって」

「——……」

なにこれ。どうしてこうなるの。この流れじゃ断れないじゃん。

悠花たちと買い物に行くことをOKしちゃったんだから、くるみの誘いを断ったら不自然だ。モヤモヤイライラするだけだから、くるみと話したいことなんてないのに。

「いいのいいの。じゃあ夏妃、またこんどつきあってよ！　それじゃね！」

「う、うん。またね……」

悠花がキラキラした笑顔で、仲良しの子たちをつれて教室をでていく。くるみはなにを考えてるのかわからない笑顔でニコニコわたしを見ている。

なんなの、本当に。

「相談に乗ってくれてありがとう夏妃ちゃん！　これでつぎ歌う曲、決まったよ！」

「……そう？　それならよかった」

放課後、学校近くの公立図書館の雑談ルーム。

くるみの相談とは、つぎの生配信で歌う曲はどれがいいかというもので、『仲間』であるわたしの意見が聞きたかったらしい。

（なに考えてるんだろ、こいつ……）

仲間、だなんて。……再生回数をうばいあう間柄なんだから、どんなにキレイゴトを言ったって、配信者なんてみんな敵、よくてライバルだ。

……それとも、そんなことばっかり考えてるわたしの性格が悪いのかな。

くるみも、純粋にわたしと話をしたかっただけってこともある？

「もう少しで登録者数もキリがいい数字だし、張り切ってるんだけど、なかなか選曲がうまくいかなくて。でも夏妃ちゃんに聞いてよかった。やっぱりセンスがいいよねぇ」

「そんなことないよ。くるみなんてもう少しで登録者数３万人でしょ？　すごいよ。わたしよりも後にはじめたのに」

いかにも、くるみよりも登録者数が少ないことなんて気にしてない、単純にすごいと思ってる――風な態度でほめ言葉を口にする。

嫉妬を前にだすなんてプライドがゆるさないからだ。

「そんな。ただ運が良かっただけだから」

くるみが照れながら言う。

まあ、バズは運だよね。わたしはすぐに「実力だよー」と言ってあげたけど、お世辞だ。

くるみ本人としては、本当に運が良かっただけ、と思ってるのか、ケンソンしながら本当はわたしを見下してるのか、どっちなんだろう。

「それにもう少しで夏妃ちゃんだって1万人だし！　わたしなんてすぐまた追い抜かれちゃうよ」

「まさかあ……」わかりやすいケンソンに、苦笑いをかえす。「それにわたし、最近ぜんぜん視聴回数のびてないし」

「のびてない？　そんなことないと思うけどなあ」

「本当なんだよ。わたしなんてぜんぜんダメダメで。飽きられちゃってるのかも」

「えー？」

うーん、とくるみが首をひねる。

「わたしはそんなことないと思うけど、飽きられちゃってるって夏妃ちゃんがそう思うんなら、動画にあたらしさをだしてみるのはどうかな」

「あたらしさ……？」

「そうそう。夏妃ちゃん、コスメとか、ファッションとか、キラキラしたものを紹介することが多いでしょ？　だからいっそのこと、怖いもの紹介？　怪奇現象の検証？　みたいなことに挑戦してみるとか！　ほら、もうすぐ夏だし」

検証……？　ホラー動画をつくるってこと？

まあたしかに、同年代の女子も男子も、ホラーが好きな子ってけっこういるよね。苦手だけどお化けやしきには入りたいとか、怖いけど怪談聞きたくなっちゃうとか、そういう子もいるし。

……まあ。あたらしさを求めるなら、ありかも？

「納涼のため、みたいな？」

「そうそう！　楽しそうでしょ。見て、これとか、参考になりそうだよ」

ほら、都市伝説紹介動画、とくるみが動画のリンクをメッセージで送ってくる。

その動画のサムネイルは、不気味な人形の写真が真ん中におかれたものだった。写真の下には、**『恐怖のひとりかくれんぼ』**の文字。

……うーん、たしかに怖いけど、興味をそそられはする、かも。

「ありがと。考えてみるね」

「うん！」

くるみが満面の笑みでうなずく。参考になったならよかった、と言う彼女に、毒気を抜かれてしまう。

……これは本当に、たくらみとかはなにもなくて、ただ単純にわたしのことを考えて提案してくれたのかも。

だったら、いままで嫉妬でいやなこと考えて、悪かったな。

わたしはちょっぴり反省した。

2

「……やっぱりちょっと怖いなあ」

家に帰って、くるみにおすすめされた動画を見てみる。

動画によると、『**ひとりかくれんぼ**』は、人形を使った儀式、のような都市伝説だそうだ。

準備するのは、手足のある人形、人形につめるお米、赤い糸、縫い針、コップ1杯の塩水、刃物。それから自分のツメや髪、もしくは血。

人形はお腹を切ってお米をつめておいて、ツメや髪をいれ、赤い糸で縫うんだとか。それが下準備なんだって。

その人形を使って、かくれんぼごっこをする、という遊びらしい。

（材料の時点で、もう怖いんですけど……）

都市伝説を紹介するウェブサイトでも、【実行厳禁】なんて書かれてる。やったら呪われるだとかなんとか。

まあ、そんなのさすがにつくり話だろうけど。呪いなんてあるわけないんだし。

『**ひとりかくれんぼのやり方はこうです**』

くるみが送ってくれた動画の配信者が、人形をかかげてみせる。

『**1、人形にむかって、「はじめは○○が鬼だから」と3回言う。ここの○○には自分の名前をいれてくださいね。**

2、そのままお風呂場へ行き、水を入れた風呂桶に人形を沈め、家中の照明をすべて消して真っ暗の状態にして、テレビの電源をつける。

3、目をつむって10秒数えたあと、刃物を持って風呂場へ行く。

4、風呂場まできたら、人形にむかって「××見つけた」と言って、人形に刃物を突き刺す。ここの××は、人形の名前ですよ。

5、「つぎは××が鬼」と言って、すぐにかくれる。

6、かくれんぼを終わらせようと思ったら、塩水を少し口に含んだまま、人形をさがす。

7、人形を見つけたら口にふくんだ塩水を掛け、「私の勝ち」と3回唱えて終了。以上です』

「うわあ～……」

こわ。不気味。

5で、ひとりでかくれてるときに怪奇現象が起こったり、6で、お風呂場にいるはずの人形が移動してたりするんだって。

ほかには、こんなことも書いてあったりして。

【髪の毛や、ツメをいれておいた人形を、1日自分の部屋の机においておくと、怪奇現象の発生率アップ！】

めちゃくちゃ、不気味。

まあでも、怖いものみたさでわくわくはするし、動画映えするかも。

そんなことを考えてたとき、悠花から電話がかかってきた。びっくりしてでると、悠花は『**夏妃、つぎホラー企画やるんだって？**』と開口一番聞いてきた。

「えっ。なんで知ってるの？」

『**くるみんから聞いちゃった！　実はうち、怖い話とか大好きでさあ、そういうの夏妃がやるかもって聞いて思わず電話しちゃった**』

「そ、そうなんだ……」

知らなかった。悠花はいつも友達と、アイドルとか、ファッションとか、見たドラマの話とか、そういうかにも華やかな女子っぽいおしゃべりばかりしてたから。

怖いもの好きな子って、意外と近くにもいるものだな。

「でもあの、まだやるとはきめてなくて。なにしろはじめての試みだから、視聴者のみんなによろこんでもらえるかもわからないし」

『きめてないの？　絶対やるべきだよ～！　おもしろそうじゃん！』

「そうかなあ……」

『そうそう！　バズるって絶対』

そこまで言われたらやらないとは言いにくい。

わたしはパソコンで表示したままの、『ひとりかくれんぼ』のやり方をちらっと見る。

……まあ、やっぱりめちゃくちゃ不気味だよね。

『もしかして夏妃って怖いの苦手？　だから迷ってるの？』

わたしがなかなか返事をしないでいると、悠花がそう聞いてきた。

『だったらさ、ホントに怖い目には遭わないように準備してみればいいんじゃない？』

「ええ……？」

怖い目に遭わないように準備するって、具体的になにをどうすればいいんだ？

『うち、怖い話とかオカルトとか好きだけど、そういうコト話せる友達が学校にいないからさ。そういう趣味の話をするのは塾の子となんだよね』

「そうなんだ。まああたしかに悠花がグループの子たちとオカルト談義するのは想像つかないかも」

オカルトって、悠花のイメージにもあんまりあわないしね。

華やかなグループに所属する人間は、体面も大事だ。いつも華やかでキラキラしてる必要がある。

『それでさ、その塾の子が、うちなんかよりずーっとそういうのにくわしくてぇ。だからお祓い？　とか除霊とか、怖いことを遠ざけるおまじないとか、たのんだら教えてくれるかも』

「お祓いかあ……。でも、その子にメーワクじゃないかな？」

『だいじょうぶだと思うよ？　前にも、ほかの子にその子を紹介したことあるし』

それに、と悠花が言う。

『そしたら夏妃は安心安全にお化けのスリルを味わえるし、うちは夏妃のホラー動画が見られる！』

まあ……たしかに『ひとりかくれんぼ』は不気味だし、対策をなにもしないよりは心強いかな？

うさんくさいけど、オカルト好きだっていうなら、もしかしたらホラー動画にもくわしくて、編集のヒントをくれたりするかも。

「じゃあその子のこと、紹介してもらっていい？」

『もっちろん！』

じゃあ事情を話しておくから。そう言って悠花は電話を切った。

暗くなった液晶画面を見下ろし、ため息。

……あー、これでなにがなんでもホラー動画をあげなきゃいけない感じになっちゃった。

3

「**はじめまして。緋宮せいらと言います**」

「こ、こんにちは。大久保夏妃です」

日曜日。悠花に教えてもらったハンバーガーショップで待っていると、来たのは、はっとするほど美人な子だった。

わたしは思わず、ぽけーっと見とれてしまった。

「さっそくですが、お話というのは？　大久保さんが動画配信をしていて、ホラー動画を撮るための助言がほしい、とは聞いてるんですが、それだけではよくわからなくて」

「あ、そう。ええと、実はわたし『ひとりかくれんぼ』の検証をやろうと思ってて」

さっそく聞かれたので、あわてて話しだす。

「検証、ですか」

「ひとりで『ひとりかくれんぼ』の儀式をやって、どうなるか検証、みたいな。怪奇現象とかが起こるらしいって言うけど、実際どうなんだ？　ってやつ。

都市伝説で怖いことが起きた～、なんて、ただのつくり話だってわかってるんだけどね。

実際やってみるとなると怖いし、緋宮さんに、どう思うか話を聞いてもらいたくて」

「なるほど。そういうことでしたか。それならわたしのこたえはカンタンです」

緋宮さんはカフェオレをひとくちのむと、わたしを見て言った。

「**――やめるべきだと思いますよ。『ひとりかくれんぼ』は**」

「え……」

真剣な表情に、真剣な声。

そんなにマジメに止められるとは思っていなかったので、ちょっとびっくりする。

「『ひとりかくれんぼ』は都市伝説から生まれたものです。でもあれはただ「手順どおり儀式をやったら怖いことが起こる」という『怖い話』ではなくて、由緒ある手法をとりいれた危険な**『呪いの儀式』**なんですよ」

「の、呪い……?」

「ええ。しかも――**『自分を呪う』ための、ね**」

自分を、呪う?

ぞっとして、思わず腕で自分を抱く。

……なにそれ、気持ち悪い。自分で自分を呪うなんておかしいよ。

「大久保さん。呪いのわら人形って知っていますか」

「え？　ああ、まあ、有名だし」

人の形にしたわら人形に、呪いたい人の写真とか髪の毛とかをいれて、その上から釘を打つ、ってやつだ。そうしたら、呪いたい相手が不幸になる。

「『ひとりかくれんぼ』はその儀式と同じしくみなんですよ。あれも、人形に髪やツメをいれる必要があるでしょう？」

「あ……そういえば、そうだね」

「わら人形には呪いたい相手の一部をいれますよね？　では『ひとりかくれんぼ』ではなにをいれますか」

「それは、自分の髪やツメ……あっ！」

そうか。自分を呪う儀式っていうのは、そういうことだったんだ。

しかも、たしか『ひとりかくれんぼ』では、刃物で人形の身体を刺すっていう手順がある。……それって、呪いのわら人形に釘を打つより、よっぽど怖くないか。

「ツメや髪などを呪術に用いることで、その持ちぬしに影響を与えるか、影響を受けることができる、といった考え方があります。そういった呪術を、『感染呪術』というんです」

「感染……」

「何百年も前、いいえ、もしかしたらもっともっと前からあった呪いです」

そんなに、歴史ある呪いなんだ……。

押しだまったわたしの前で、もうひとくち、緋宮さんがカフェオレをのむ。

「大久保さん。『ひとりかくれんぼ』に使うのはただの人形ではなく、『手足のある人形』でしたよね」

「たしか……、そうだった」

「しかもなかに米をいれ、赤い糸で縫う。おそらくお米は内臓の代わり、赤い糸は血の代わりということでしょう。つまり儀式では、疑似的な人間を使うことになります」

お米が内臓、糸が血。――気持ち悪いけど、そう言われれば、そうなんだとしか思えなくなってくる。

それで、その人間みたいな人形にいれられるのは、わたしのツメや髪なんだよね。

だとしたら。

「**人形はわたしの身体に見立てられる、**ってこと……だよね」

それで、その人形に刃物を刺すんだ。

「はい。【1日、自分の部屋の机においておくと怪奇現象の発生率アップ】というのは、その人形を、より自分に近い存在にすることで、呪いを強くするためでしょうね。よく使っているものや、生活している場所においておくことで、自分に見立てやすくするんです」

わたしはだまりこむ。

たしかにそんなの、どう考えても、自分自身を呪う儀式だ。

(くるみは……くるみは、このこと、知ってたのかな)

これが、そういう呪いだって。

いや、知っていたにちがいない。だって、わざわざ紹介動画までわたしに送ってきたんだから。『ひとりかくれんぼ』をやるように誘導してたに決まってる。

わたしは歯を食いしばった。

(なにそれ。なにそれ……！)

——むかつく。

せっかく、ほんとはいいやつなのかもって思ったところだったのに。

結局、くるみにとってもわたしは敵なんだろう。蹴落としてやりたい、不幸になっちゃえって思ってたんだ。

わたしは手もとの、すっかり氷がとけて薄くなったオレンジジュースを、一気のみした。

緋宮さんがまゆを寄せて、言う。

「だから、正直、やらない方がいいですよ。動画を人気にしたいなら、ほかに方法が」

(だったら、わたしだって――)

「ううん、やる」

わたしははっきりと口にした。

緋宮さんが目を丸くした。「……本気ですか?」

「本気も本気。わたし、動画、ぜったいバズらせたいから。リスクくらいで尻込みしてらんないよ」

「大久保さん……」

「まあ、でも本気で呪われたいわけじゃないから……できるだけ安全に実行できる方法、知ってたりしない？」

オカルト、くわしいんだよね？　と聞くと。

緋宮さんはちょっとこまった表情で、「……ええまあ」とうなずいた。

「わたしは**怪異対策コンサルタント**ですから」

「怪異対策……コンサルタント？」

「ええ。妖怪、怪異、霊……そういったオカルト的な相談事に乗って、解決のための【助言】や【指示】を行うんです。もちろん、『対策』は、予防や、事前対策もふくみます」

そう言い、緋宮さんはかばんから、黒いバインダーにはさまれた真っ赤な紙をとりだした。

血みたいに赤くて、不気味な紙。——それが、怪異対策コンサルタント契約のための、**契約書**なのだという。

なんで緋宮さんが、怪異対策コンサルタント、なんてことをしているのかはわからないけど、そういう仕事をしてるからオカルトにくわしいんだろう。

興味があるならよく読んでくださいと言われたので、すみっこまで読み通す。一応、配信者だから、こういう契約書をしっかり読む重要性は知っている。

オトナの社会では、契約をやぶったり、契約の大切なことを見逃していたりすると、たいへんな目に遭うこともあるらしい。

だから、そういった注意は大切だ。

「依頼内容に、【怪異性】があったら……つまり、オカルト的なことが関係してたら、それを解決するための【助言】と【指示】をくれるってことか」

「ええ。今回は予防のご依頼なので、【怪異性】のありなしの判断は省きますが」

「それで、【助言】はやぶってもまあだいじょうぶだけど、【指示】をやぶったら、契約破棄。なにが起きてもあとのことは知らないよ、アフターフォローもしないよってことだよね」

「――はい」

緋宮さんが少し笑って、うなずく。

まあたしかに、約束をやぶったら助けてもらえないのは、自業自得だよね。ちょっと冷たいとは思うけど。

契約事項
◆その1◆
請負人に依頼内容を話し、
それが【怪異性アリ】と判断された場合、
依頼人は怪異対策に関する
助言・指示をもらうことができる。
◆その2◆
【怪異性アリ】の場合、
依頼人は、自分に起きたことについて、
みだりに他言してはならない。
◆その3◆
依頼人は、請負人の
【助言】はかならずしも守らなくてもよいが、
【指示】はかならず守らなければならない。

ビジネスってそういうものな気がする。

わたしは納得すると、ペンを持って名前を書いた。

【契約者学年・年齢・氏名】
中学1年生　13歳　大久保夏妃

「……たしかに。受けとりました」

緋宮さんはほほえんだまま、バインダーをかばんのなかにしまう。

「では【指示】をひとつだけ。——**絶対に、人形のなかには自分のツメ・髪・血など、身体の一部はいれないこと**」

「……それだけ？」

「ええ。たとえ自分の一部をいれなくても、人の身体に見立てた人形とかくれんぼをする、というだけで、危険ですから」

動画なら、編集で、ツメをいれるフリくらいできますよね？　と緋宮さんが言うので、うなずいた。

「なら実行するときは、人形のなかに自分の一部をいれてはいけません。危険ですから」

「自分の一部をいれてはいけない、ね。わかった」

緋宮さんがまゆを寄せる。

「……本当は、『そもそもひとりかくれんぼをやらない』という【助言】もあるんですが」

「それは聞けないなー。相談の意味、ないじゃん」

「そうですか……」

緋宮さんがカップに口をつける。最後のひとくちだったのか、一度だけのどが動いた。

そして、立ちあがる。

「あれ。もう帰るの？」

「ええ。……正直、わたしは本当にやめたほうがいいと思います。でも、その気はないんですよね？」

「うん。絶対に、やる」

「そうですか。……ではもうなにも言いません」

わたしも『ビジネス』ですから、と言って。

緋宮さんは目をふせ、そのままハンバーガーショップを立ち去った。

――わたしは微妙にのこったオレンジジュースを見ながら、ひとりでフッ、と笑う。

(いれないよ。……『自分の』身体の一部はね)

『ひとりかくれんぼ』は、丑の刻参りに似ている。そして、呪いのわら人形には呪いたい相手の身体の一部をいれる。

それならわたしは、『ひとりかくれんぼ』の人形に――**わたしを陥れようとした、くるみの髪をいれてやる。**

自分の部屋におくかわりに、できあがった人形は学校のくるみの机の奥にいれておこう。くるみの机は、くるみが学校生活のほとんどをすごす場所だ。呪いもきっと強くなる。

「ふ……ふふ」

ざまあみろ、くるみ。

あんたなんかにわたしは蹴落とされたりしない。わたしが、あんたを引きずり降ろしてやるんだ。

4

「みんなー！　今日も見てくれてありがとう！　ナッちゃんねるのナツキです！」

用意したカメラにむかって、笑顔で手をふる。

家の電気をすべて消してカーテンも閉めきったので、部屋の中は暗い。

——時刻は午後5時。

ひとりかくれんぼは本当は午前3時にやらなきゃいけないんだけど、その時間はお母さんたちが寝ている。ひとりかくれんぼをやるときはひとりである必要があるみたいなので、お母さんとお父さんが仕事から帰ってきておらず、カーテンを閉めれば暗くできるこの時間を選んだというわけである。

「今日は初夏の特別企画！　『ひとりかくれんぼ』検証！」

オープニングでは、『ひとりかくれんぼ』とはなにかの説明だ。

カメラにむかって、人形をかかげてみせながら話す。

使ったのは、小さいころに遊んでいたけど捨てるのを忘れて押しいれにしまいこんでいた女の子の人形。

服でかくれているけど、すでに中にお米をいれて、赤い糸で縫いあわせてある。

——もちろん、なかにいれたのはくるみの髪だ。

くるみの髪を手にいれるのはカンタンだった。学校が同じなんだから、ちょっと一緒に行動すれば手にいれられる。そのあと、ちゃんと1日、人形はくるみの机の奥に隠しておいた。

ついでに人形の中にはくるみの写真もいれておいた。これで呪いの効果も増すはず。

「まず人形に名前をつけなきゃね！　あなたは〜、よし！　ナッツにしよう」

人形とカメラを持ち、お風呂場に行く。

水を張った風呂桶に人形を沈め、それを映像におさめたら、目をつむって数を数えた。

「いーち、にーい……」

10まで数え終わったら、カッターを取りに行きお風呂場に戻って、人形をつかんだ。

「ナッツ見つけた！」

そして、思いっきり、そのお腹にカッターの刃をつきたてる。

ザクッ！

カッターの刃と、中に入ったお米がこすれる音がする。

（不幸になれ！　人気なんてなくなれ！）

ザクッ！　ザクッ！

そうしたらきっと、くるみのファンのいくらかは、わたしのものになる——。

「……あっ」

はっと我にかえる。**……まずいまずい。刺しすぎちゃった。**

ぶっそうな映像になっちゃったから、あとで編集しておこう。

わたしはお米がこぼれるナッツの胴体をつかんだまま、立てつづけに言った。

「よーし。じゃあ……、**『つぎはナッツが鬼だから』**」

言い終わるなり、すぐお風呂場からでる。『かくれんぼ』で、かくれる役をしなきゃいけないからだ。

塩水とカメラを持って、自分の部屋のクローゼットに入る。

中に暗視カメラを設置してあるから、ここで『かくれんぼ』をしているわたしの様子を撮れるというわけだ。

「ふー……、あー、怖～っ」

カメラの前で、わたしは大げさに怖がってみせる。視聴者のみんなもきっと、画面の中のわたしがたくさん怖がってる方が楽しいだろうし。

（まあ、わたしにはなにも起こらないだろうけど）

だって、人形にいれたのはくるみの髪だ。

緋宮さんいわく、ひとりかくれんぼを実行したら、精神に異常をきたしたり、行方不明になったりした人はいるらしいけど——それって結局『自分を呪った』からだよね？

髪をいれなくたって霊がおりてきちゃうことはあるらしいけど、まあ、それだけならだいじょうぶでしょ。あくまで、影響を受けるのはくるみのはずだ。

だって、『感染呪術』は、身体の一部の、もとの持ち主に影響を与える呪いなんだから。

（なにも起こらなかったらつまんないだろうし、仕込みの怪奇現象のネタを考えとかなきゃな～）

わたしはクローゼットに持ちこんだ、スマホの液晶を見る。午後5時10分。

……あと1時間弱かあ。

ひとりかくれんぼは、1時間くらいやる必要があるらしい。こんな暗いクローゼットの中で1時間もじっとしてたら寝ちゃいそうだな。

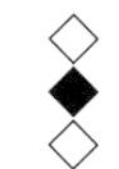

──なにかの物音で、はっと目が覚めた。

「やばっ！」

どうやらクローゼットで眠ってしまっていたらしい。

動画の撮影中なのに、やってしまった。怖がったり、焦ったりする様子を撮っておかなきゃだったのに。

「いま何時だろ……、あれっ？」

時刻を確認しようとしてスマホの電源をつけようとしたが、なぜかつかない。

すぐに画面に『バッテリー切れです』ってウィンドウがでたけど、……おかしいな。
さっきまでバッテリーは80パーセント近くのこっていたはずだ。
たかだか数時間でバッテリーがなくなるはずが――、

ぺた。

「！」
ほんのわずかに、なにか、音が聞こえた。階段の近く、つまりこの部屋の外からだ。
ぺた、ぺた、ぺた。
（まただ）
ちょっとずつ、音が近づいてくる気がした。
……これ、もしかして、足音？
いや、でも、ありえない。だってこの家には、わたししかいないんだから。
ぺた。――がちゃ、ぎい。

(えっ、ウソ！　いま、ドアが開いた……!?)

わたしはクローゼットの中で目を見開いた。

たしかにわたしの部屋のドアは鍵がかかってない。でも、それでもドアはしっかり閉めたから、風やなにかでひとりでに開くことはないはず。

(なんで……)

ぺた。ぺた、ぺた。ぺた、ぺた、ぺた。

音は、確実にこの部屋の中から聞こえてくる。

……まちがいない。やはりこれは足音だ。なにかをさがすように、部屋の中をうろちょろしているのだ。

そこでわたしはあることに気がついた。

——**ナッツは布製だ。足音なんか、するはずない。**

(ウソ……ウソ……)

じゃあ本当に人形の中に霊がはいっちゃってるの？　だから、人形はわたしをここまでさがしにきたの？

なんで。わたしの髪をいれたわけじゃないのに。

――ぴちょん、と水の音がする。

わたしはふるえあがり、悲鳴がもれそうな口を必死で押さえた。

ナッツは風呂桶に沈めた。だから、水にぬれているのはあたりまえなのだ。

（やだ。やだ、なんで？）

ここまできてるの？　どうして？

呪われるのはくるみのはずじゃん。くるみの髪をいれたんだから、そうじゃないとおかしいでしょ。そういうものだって緋宮さんも話してた。

わたしは、わたしを陥れようとした卑怯なくるみを排除して、おまけにバズって人気になるんだって、そのはずなのに――。

（こないで。見つけないで。おねがい）

ガタガタ身体がふるえる。

ぺたぺたという足音が近づいてくる。ぴちょーん、ぴちょーん……

（やだやだやだやだやだやだやだやだ）

そうして、がら、と音がして。
引き戸式のクローゼットの扉が開いて――、
カッターを手にした人形が、わたしに飛びかかってきた。

5

「まさか本当に夏妃ちゃんがわたしのことを呪う、なんてねー。ひどいよねぇ夏妃ちゃんって」


ファミレスのテーブル席。

たのんだりんごジュースの中の氷をカラカラといわせながら、歌い手くるみんこと――豊橋くるみが笑う。

「見てぇ、緋宮さん。これ、地元のネットニュースなんだけど」

くるみのスマホの画面に表示されたのは、『中学生配信者、謎の昏睡』という文字。

地元ではそこそこの人気を誇る、中学生配信者、大久保夏妃。彼女が、原因不明の昏睡におちいってしまったらしい。

——夏妃がそうなってしまったのは、両親がまだ帰っていない自宅でのこと。両親が帰宅したばかりのころは、なにかにとりつかれたように、

【刺される！】【刺される！】

と奇声をあげていた彼女だが、両親があわてふためいているうちに、スコンッと眠ってしまったのだという。

「それでまだ起きないんだって！　お医者さんもお手あげらしいよぉ？　しかもね！　夏妃ちゃんがたおれていたそのそばには、お腹を何度もカッターで刺したようなありさまの、不気味なお人形もあったんだって。なんだか意味深で怖いよねぇ」

相変わらずくるみはニコニコ笑っている。

彼女の前に座る——緋宮せいらは、ふうと息をつくと、「話はそれだけですか」と言う。

「冷たいなぁ。もう少しよろこんでくれたっていいじゃない？　**……緋宮さんが教えてくれてた呪い対策が、上手くいったんだよ？**」

ね、と言い。

くるみは黒いバインダーにはさまれた赤い契約書を、トントン、と指でたたく。

契約者サイン欄には、こうあった。

【契約者学年・氏名・年齢】
中学1年生　豊橋くるみ　13歳

「『対策』しててよかったぁ。じゃなかったら、いま、昏睡してるのはわたしだったかも」


ふふ、と笑い声をこぼし、豊橋くるみはせいらに契約書を返す。

せいらは無表情でそれを受けとる。

――そう。

くるみは、自分が呪われた場合の対策についてせいらにあらかじめ教わっていたのだ。

契約があったのは、大久保夏妃がせいらと契約するより少し前のこと。そのときも、悠花がせいらをくるみに紹介した。

前にも紹介したことがある、と悠花が言った相手は——実は、くるみだった。

つまりくるみは、『ひとりかくれんぼ』で、夏妃が自分の髪を使って自分を呪おうとすることを、最初からわかっていた。彼女が、人形を自分の机にいれることも、予想していた。

——だから、くるみは呪いを返す『対策』をした。

机のなかの『くるみの髪をいれた』人形の中身を、夏妃の髪と、夏妃の写真にすり替える、という対策を。

夏妃はそうと気づかず、自分の髪が使われた人形で、『ひとりかくれんぼ』をしてしまったのだ。

「夏妃ちゃんたら、まさか『ひとりかくれんぼ』で自分じゃなくてわたしの髪を使うなんて。ひどいよねー！　友達だと思ってたのになぁ」

「わかっていたから春川さんをつうじてわたしに依頼をしたんじゃないんですか」

「やだなぁ。呪われるなんてわかってたら、『ひとりかくれんぼ』を夏妃ちゃんにすすめることなんてしないよ〜。怖いもん」

くるみは大げさに自分の腕で自分を抱きしめてみせた。「――わたしは『ひとりかくれんぼ』の話を思いだしたら急に怖くなって、呪い返しの方法を知りたくなっただけだよ？」

せいらはなにも言わず、アイスティーの氷をかきまぜる。

「まあでも〜……もし、夏妃ちゃんがわたしを呪うことが計算のうえで、わたしがそれを『お返し』するために、『ひとりかくれんぼ』を夏妃ちゃんにすすめた、としてもだよ？**――結局、夏妃ちゃんがああいう目に遭ったのは、夏妃ちゃんがわたしを呪おうとしたからだよね？　自業自得だよ**」

「……あくまで自分は被害者だとおっしゃりたいわけですね」

「おっしゃりたいもなにも、事実だもん」

でも、意外だったなー。

そう言って、くるみはせいらに顔を近づけた。

せいらは薄くほほえんで、「なにがですか？」と首をかたむける。

「だって、夏妃ちゃんをもっと強く止めるかと思ってた。見捨てちゃうなんて緋宮さんもひどいよねぇ」

「なんの話です？」

「え、だって、『ひとりかくれんぼ』が呪いだって教えたの、緋宮さんだよね？　だったら、緋宮さんは、『豊橋くるみは呪い返しの準備をしてるから、呪いはやめておいた方がいい』って言えるじゃない？　でも夏妃ちゃんがいまああなってるってことは、そう言ってあげなかったってことでしょ？　それって、緋宮さんは夏妃ちゃんを見捨てたってことだよね？」

「さあ……。たしかに大久保さんとお話ししたことはありましたけど、わたしは彼女があなたを呪うつもりだなんてこと、知りませんでしたので」

「どうかなぁ～」

くるみはかわいい声でニコニコ言う。

せいらは美しいほほえみをくずさない。

「――一応、『ひとりかくれんぼ』をやること自体は止めたんですよ。でも、自分でだれかを呪って、それをやりかえされるのは、まあ豊橋さんのおっしゃるとおり自業自得ですから。たとえ、それがしくまれたことでも」

「しくんでないよぉ。さっきのはたとえ話じゃん」

「……ではわたしもたとえ話をしますけど。もしもわたしが大久保さんがあなたを呪おうとしてることを知っていたとしても……あなたが呪い返しをたくらんでる、なんてことは彼女には言いませんでしたよ」

「へえ。なんで？」

せいらは笑みを深くする。

「――**わたしは怪異対策コンサルタントです。コンサルタントは、なにがあっても、お客様の契約内容をほかの人に漏らしたりはしません。守秘義務は、絶対の約束ごとですから**」

それを聞いて、なるほどね、と、くるみが笑う。

「そうだよね。緋宮さんも『ビジネス』だもんね」

「ええ。――ただ」

せいらは席から立ちあがり、かばんを持つと、くるみを見下ろした。

その顔からほほえみは消えている。

「人を呪わば穴二つ、と言います。今回はうまく返せましたけど、こんどからはわざと自分を呪わせるようなことはしない方が身のためですよ。いつか、我が身をほろぼすことになりますから」

「それは、怪異対策コンサルタントとしての【指示】？」

「いいえ。緋宮せいらとしての忠告ですが」

そ、と言うと、くるみは目をほそめた。

「じゃあ、口だししないで。わたしはわたしのやり方でスター配信者になるんだから」

「……そうですか」

せいらは目をふせ、ファミレスをでる。

そしてかばんにいれた赤い契約書をとりだし、くるみと夏妃のサインを見下ろした。

力をこめると、赤い契約書は黒い炎にのまれ、記されたサインもろとも消えていく。

――きっと彼女はこれからも同じことをやるだろう。いつか呪いで大きなしっぺ返しを受けるまで。

そして、そのときがきても、もうくるみとせいらは無関係。

なにが起きても自業自得、だ。

2枚目 さとるくん

1

「あーっ、まずった！」

6時間目、つまり一日の最後の授業が終わってすぐ。

2年1組の教室のまん中で、小林くん——**小林陽介**が声をあげて立ちあがった。

「今日の数学の教科係、オレだったのに、すっかり忘れてた」

「あはは、もーなにやってんだよ小林」

教科係というのは、それぞれの教科において、つぎの授業での持ちものや、宿題の有無を先生に確認したり、提出物を回収したりする仕事のこと。

クラスにある班ごとに持ち回りで担当するものなのだが、小林くんはそれを忘れてしまったらしい。

「しゃーない。帰りのホームルーム始まる前に、急いで職員室に……」

「どーせそうなると思って！」

と、そこで、小林くんのななめうしろの席に座っていた女子——**波多野かりん**が、唐突に立ちあがって、言った。

「八幡先生にはあたしがあらかじめ持ち物を聞いてあります！」

「えっ、マジか波多野！」

小林くんが目を丸くする。

「マジだよ。まーた係の仕事忘れてるなと思ってしかたなく。感謝してよね？」

「するする！　うわーありがと！　教科の持ち物聞き忘れてるとホームルームで担任がイヤミ言ってくるんだもんなぁ、助かったよ」

「ふふん。ま、ジュース1本でいいよ」

「え～っ」

小林くんと彼女の軽快な掛けあいで、またクラスで笑いが起こる。

わたしがそれをだまって見ていると、「なーんかふたりのやりとりって夫婦漫才みたいだよね」と、近くの席の女子たちがささやきあっているのが聞こえてきた。「イケメンと美少女だし、お似合いって感じ」

（……まあ、そうかもだけど……）

ぎゅっと心臓が痛んだ気がして、わたしはうつむく。

入学したばかりのころからずっと小林くんのことが好きなわたし——日吉結菜としては、そういう評判はあんまりうれしくないことだった。

ホームルーム後のそうじの時間。あらかた床の掃きそうじはおえたので、教室のはじっこに寄せていた机とイスをもとの位置に戻していく。

「結菜っ！　部活行こ！」

「あ、かりん」

呼びかけられて顔をあげる。

——最近、小林くんとウワサになっている波多野かりんは、わたしと同じダンス部員で、1年生のときから同じクラスの友達でもある。

かりんはどこにいても目立つ華やかな美少女で、わたしは地味目で平凡な女子だけど、1年生のときからウマがあった。

クラスではそれぞれちがうグループで話すことが多いけど、なによりかりんはわたしの好きな人が小林くんだと知っている数少ない存在。わたしは親友だと思っている。

「そういえばさ、結菜って、小林のどういうとこが好きなの？」

「ちょ、ちょっと！　声大きいよ」

「あ、ごめーん」

体育館の壁に寄りかかり、かりんがいたずらっぽくぺろ、と舌をだす。

「……もー。うーん、単純にかっこいいっていうのもあるけど、一番はやさしいところかな」

「たしかに女子には気をつかってるよね」

「そう、そうなの。ほら夏休み、かりんのグループの子たちと小林くんたちと一緒に、10人ちょっとでキャンプに行ったでしょ。そのときにした肝だめしの時も、小林くん、たよりになったし」

肝だめしでは、４人組で墓地をまわった。

わたしは小林くんと一緒のグループだったけど、怖がるわたしともうひとりの女子を、だいじょうぶだいじょうぶってはげましてくれてたんだよね。そういうところも、すごく好き。

だけど――。

「……そう言うかりんも最近、小林くんと仲良さげだよね」

「えっ、あたしが小林と？」

わたしが思わずポロッと本音をこぼしてしまうと、かりんはすっとんきょうな声をあげた。

「うん。今日だって、フォローしてあげてたし。あのあと、数学のプリントも一緒に職員室へ提出しに行ってたでしょ？」

「それは単に同じ教科係だから、手伝ってやっただけで、仲良いわけじゃないよ。あいつが仕事忘れたらコッチにメーワクかかるからってだけ」

「……それだけ？」

「そうだよ。……もしかして結菜ってばあたしが小林とどうにかなっちゃうかもって心配したの？　あはは！　ないない！」

というか、とかりんが笑いながらつづける。

「結菜、肝だめしのとき、けっこういい感じだったじゃん。小林にくっついちゃってさ」

「あれはわたしが小林くんにっていうより、ビビった4人で団子になってただけだよ」

……そもそも、キャンプは、おこぼれで参加させてもらったようなものだからなあ。

もともとはかりんのグループと、小林くんのグループで企画していた遊びだったところを、わたしがかりんと仲が良いからという理由で、トクベツに仲間にいれてもらったんだよね。

（あーあ）

わたしもかりんみたいに、自分に自信を持てるようになりたいなあ。

見た目とかももっと気をつかおうかな。あとは、小林くんの趣味をもっとリサーチして、話しかけてみるようにするとか。

「まあなんにせよ、あたしは結菜の味方だから。あいつが結菜にふさわしいかどうか、見きわめてあげる」

「アハハ。ありがと、かりん」

……そうだよ。せっかくかりんが応援してくれてるんだもん。がんばらなきゃ。

2

小林くんはいま、アプリで連載されている少年マンガにハマっているらしい。なにか話題にできることがないか、リサーチしてるときに気がついた。

話題づくりのために読みはじめたらホラー風味でけっこうおもしろくて、グッズを買ってみた。かっこいいなと思ったキャラの、小さなラバーストラップ。

ついでに通学用のリュックにさりげなくさげてみる。

「あ！　それ『絶対零度の夜空』のヤシロじゃん」

——そうしたら、期待どおり、小林くんが声をかけてきてくれた。

「えっ、小林くん、『ゼロ夜』知ってるの？」

内心舞いあがりながらも、いかにも、驚きました、みたいな顔をして言ってみる。

「知ってるもなにも、オレ、コミックス全部そろえてるよ」

「そうなんだ。わたし、アプリで読んだらハマっちゃって。つい好きなキャラのグッズ、買っちゃったの」

「日吉ってヤシロ推しなの？　いやーわかるわー。あれは男でもかっけーって思うもん。そうだ、日吉、もうすぐ『ゼロ夜』の劇場版が公開されんの知ってる？」

「うん。アプリの広告ででてたもん」

「マジ？　ならさ——」


「なになに？　なんの話ー？」


彼の言葉をさえぎるようなタイミングで、うしろから声がした。かりんがうしろから抱きついてきたのだ。

波多野、と小林くんが大げさにまゆをひそめてみせる。

「なんだよおまえ。突然話に入ってくんなよな」

「なにその言い方。あんたが結菜にちょっかいだしてるからあいだに入っただけだし」

「せっかく日吉と『ゼロ夜』の話でもりあがってたのにさー。マジ迷惑なんだけど。なー日吉」

「はぁ〜っ？　こっちだって親友にちょっかいかけられて迷惑ですが？」

（……あ、あれ……？）

口では、ふたりとも『おたがいが迷惑』って言ってみせてるけど、いつの間にかわたしが蚊帳の外になってない――？

「だいじょうぶ、結菜？　アイツ、自分の好きな話題ときたら、ヒトのメーワクも考えずガンガン話してくるトコあるよね」

「……そんなことないよ。それに、わたしもあのマンガ好きだし。いまだってフツーに楽しくしゃべってたんだよ」

なのにどうして割って入ってきたの。劇場版の話がでてたから、一緒に行こうって誘ってくれるかもしれないと思ったのに――。

「それならあたしジャマしちゃったってことだよね？　そんなつもりじゃなくて……。た

だ結菜がこまってるようにみえたからさ」

……本当にそう？

本当はかりんも小林くんが好きで、わたしたちが楽しそうに話してるのをジャマしたくて割りこんできたんじゃないの？

「あたしはただ結菜が心配なんだよ。結菜みたいにピュアな子が傷つかないようにって思ってるの」

「べつにピュアなんかじゃないけど……」

「とにかく、結菜はあたしが守ってあげるから！　ね！」

かりんはそう言ってニコッと笑う。

わたしはうなずいたけど——それからどんどん、モヤモヤする出来事は積みあがっていくことになる。

『なああ、ゼロ夜の最新話見た？』

『おもしろかったよね！　あのキャラがまさか……』

『えー、なになに？　ちょっと小林、結菜にまたダル絡みしてんの？』

『してねーよ！　だいたい波多野おまえさあ』


『小林くん、課題のノート重そうだね。職員室まで運ぶの、手伝おうか？』

『うわっ、サンキュー！　じゃあ、半分くらい持ってもらってもいい？』

『――ちょっと！　小林さあ、女子に重たいもの持たせるとかありえないんだけど！　フツー遠慮するとこだよ！　結菜、こんなやつほっといて行こっ』


（なんなの……！）

――最近、小林くんと話してたら、いっつもかりんにジャマされる。

わたしは午前最後の授業を聞きながら、前の方の席に座っているかりんの背中をにらみつけた。

応援してるって言ってたのに。ウソだったたってこと？

「なー、もしかしてさあ、日吉って小林のこと好きなの？」

「えっ？」

そうじの時間。

ぼんやりとほうきを動かしていると、不意に同じ班の男子に声をかけられた。

小林くんとよく一緒にいる、バスケ部の佐藤くんだった。夏休みの肝だめしにも、一緒に行った。

「い、いきなりなに……？　わたし、べつにそういうのじゃ」

「えー、そう？　オレと日吉の席、通路はさんでとなりじゃん？　だからさ、いま日吉あそこ見てるなーってのがわかっちゃうんだよな」

思わず真っ赤になる。

……じゃあ、わたしがしょっちゅう小林くんのことを見てるのも知ってるんだ。

「でもさ」

佐藤くんがすすすと近寄ってきて、耳もとでささやく。

「波多野と小林、こっそりつきあってるらしいよ」

「……え？」

思わずほうきをとり落とした。

カシャンと音がして床にころがったほうきを、佐藤くんがひろう。

「日吉は、波多野は裏切らないって信じてるみたいだしさ。なんかこのままじゃよくないんじゃないかって思ったんだよ。だから、一応言っとこうって」

「だ……って。かりんは、応援してくれるって……」

「ホントは応援してやるつもりなんてないんだよ。インスタの裏アカのストーリーで愚痴ってたの見た。

『陽介とつきあってるってみんなに言えないの、だるー』『結菜に、陽介とのこと協力するって言っちゃってから、あいつに告られたからなぁ～』『まあテキトーに応援してるフリしてればいっか。どうせ陽介が結菜のこと好きになることなんてないんだし』――みたいなこと書いてるの、しょーっちゅうだぜ」

さすがにちょっとって感じだよなー、と佐藤くんが言う。

わたしは呆然として、足もとに視線を落とした。

(テキトーに応援してるフリ？　……なにそれ)

じゃあわたしはずっとかりんにダマされてたってこと？

ギリッ、と拳をにぎりしめる。

わたしは怒りをこらえながら、佐藤くんに「教えてくれてありがとう」と言った。声はふるえていなかっただろうか。

(ゆるせない……！)

3

友達のフリして人を裏切ったんだから、わたしも同じことをしてやるんだ。

かりんと表面上仲良くすることは、これからもつづける。友達の顔をして小林くんとの仲をジャマするんだ。

そして絶対、別れさせてやる。

「と言ってもなあ……」

わたしは自分の部屋の机で、宿題を広げながらうなる。

どうやってふたりの仲をジャマしたり、ふたりを別れさせたりすればいいんだろう。

ため息をついたところで、ふと引きだしにしまっていたものが目にはいる。――怪談の本だ。

「そうだ、これ」

肝だめしに行く前に、怖い話を勉強したんだっけ。

その時は、ホラー好きだっていう小林くんとの共通の話題をつくるためだけじゃなくて、怖いものを少しでも克服したかったからという理由もあったけど。

(霊とか呪いとか、そんなもの本当にあるわけないって頭ではわかってても、わたしそういうの、ちょっと信じちゃうんだよね……)

ペラペラ、ページをめくってみる。『こっくりさん』や『ひとりかくれんぼ』は実際にやることさえなければ怖くないけど、もしグーゼン幽霊なんか見ちゃったらと思うと……。

「あ……これ」

わたしはとあるページで、手を止めた。

──『**さとるくん**』。これも、実際にやってみさえしなければ怖くない都市伝説だ。

(肝だめしで、話題になってたっけ)

さとるくんは、電話で呼びだして、質問すればどんなことでもこたえてくれる、という怪異のこと。何度も質問しすぎると不幸になるので、万一つながっても調子に乗ってはいけないらしい。

小林くんと、あと佐藤くんが、「ホントに『さとるくん』とつながったらどうする？」って話題でもりあがってた記憶がある。

「たしか、公衆電話ボックスが必要なんだよね。あんまり見たことないなあ」

でも、マップ検索すると、児童公園や駅前に、けっこうあるみたい。

ふだん使わないから、あんまり気にしたことなかったけど、災害のときや停電の時にも使えるから、あるにはあるんだよね。

(……明日、学校帰りに行ってみようかな)

せっかく調べたし……、ついでに『さとるくん』を試してもみたい。

それで成功したら、ふたりをジャマする方法を聞いてみよう。

翌日。放課後の部活が終わり、わたしは制服に着替えると、さっそく公衆電話のある公園に行くことにした。

時刻は午後6時。部活が終わると、だいたいこの時刻になる。

午後6時――昼と夜がまざる時間である逢う魔が時は、さとるくんがでてくれやすいタイミングだ、って本に書いてあった。

(電話ボックス、ってはじめて入るかも)

公園の入り口近くにあった電話ボックスに入ってみる。なかにあるのは緑の大きな電話。

操作のしかたは、電話自体に書いてあるので難しくなさそう。

「よーし……」

――さとるくんを呼びだす方法はカンタンだ。

まずは公衆電話に十円玉をいれ、自分のスマホに電話をかける。

スマホの通話ボタンを押して、公衆電話と自分のスマホがつながったら、公衆電話の受話器から、言う。

「さとるくん、さとるくん、おいでください」

そして、切る。

そうしたら、24時間以内にさとるくんからスマホに電話がかかってくらしい。そうしたら、電話にでる。

「……これで、電話がかかってきたら……」

夕暮れの公園をでていきながら、わたしはふふ、と笑みを漏らした。

――電話にでるとさとるくんは、「いま、○○にいるよ」というように、居場所を知らせてくるという。そして、そんな電話は、何度かかかってくる。

さとるくんは、電話のたびに、質問をしたらこたえてくれるらしい。

何度もかけてきてくれて、何度もこたえてくれるって、すごい太っ腹。

ホントにつながったら、かりんに仕返しする方法も、小林くんとつきあう方法もわかっちゃうかも。

（楽しみだなぁ……）


——と、思っていたけれど。

つぎの日の午後5時になっても、さとるくんから電話はかかってこなかった。

今日は部活がなかったので、自分の部屋で宿題をしながらソワソワしてたけど——さすがにあと1時間しかないし、もうかかってこないか。

「あーあ……」

そりゃ、そうか。

聞いたらなんでもこたえてくれるなんて神様みたいな存在が、この世にいるはずないよね。それを半分くらい本気で信じてたわたしがバカだった。

でも、悔しい。なんとかしてやりかえして、かりんを不幸にしてやりたい。

わたしはベッドに投げだしたスマホをちらりと見る。

そうだ。かりんが、友達を裏切る最低女なんだって、ネットに書きこんでやるのはどうだろう――。

ピリリリリリッ

「わあ！」

突然、かん高い着信音がなりひびき、イスから転げ落ちそうになる。

ふるえる手でスマホをつかむ。画面には、『非通知』の3文字。

（まさか）

どくん、どくん、どくん……緊張で、心臓が重たく音をならす。

わたしはごくりとつばをのみこんで、通話ボタンを押した。

「……はい」

『もしもし』

男とも、女とも、大人とも、子どもともつかない、不気味な声が、耳にとどく。

『私はいま、満ノ門駅にいます』

「！」

息をのむ。

居場所を言った。ということは、さとるくんだ。

満ノ門駅は、わたしの最寄り駅である夫畑駅から、３つ先の駅だ。夏休みのキャンプの時も、ここでおりたので知っている。

「あ……あの。さとるくん、さとるくん」

聞け。聞くんだ。

「夫畑中学校2年1組の……小林陽介が、波多野かりんを嫌うようにするためにはどうしたらいいですか」

『小林陽介がよく使う黒いペンを、波多野かりんの足もとへおくこと』

そこで、ぷつりと電話は切れた。

……え？　それだけ？　わたしはぽかんとして、暗くなったスマホを見下ろした。

翌朝。

ダマされたような気分になりながらも、せっかくこたえてもらったので、やってみることにした。

小林くんが友達とおしゃべりしている隙を見て、彼の机にあるペンを手にとった。

ちょっとお高そうな、黒くて太くて、金の縁どりがされているペン。

「かりん、おはよう」

つぎは、小林くんの席のななめうしろのかりんの席に近づいて、さりげなく話しかける。

「今日のダンス部の練習なんだけどさ」

「おはよー結菜！　なになに？」

話をつづけながら、座ったままのかりんの足もとにペンをころがしておく。

……こんな感じでいいのかな？

半信半疑ながらも、かりんとの会話をおえて席に戻る。

1時間目は移動教室だ。教科書と絵の具セットを持って美術室へ行くことになっている。

――そこで事件は起きた。

「わっ!?」

ガシャーン！　と派手な音がして、かりんがイスを巻きこむかたちでコケた。

その足の下には、黒色のペン。

それを踏んで、転んでしまったらしい。わたしは思わず息をのんだ。

「いったぁ……！　なにこれ！　こんなところにペン放置しないでくれる!?　踏んじゃったじゃん」

「踏んだ!?　おい、ふざけんなよっ」

つぎに怒った声をあげたのは小林くん。

「それ数万するめっちゃ高いボールペンなんだけど！　うわっ、ここのフタのとこ、傷ついてる……！」

「な……そんな高いボールペン、学校に持ってこないでよ！　そもそも床に落としっぱなしなのが悪いんでしょ！　だいたい女子が転んだのに心配する言葉もないわけ!?」

「大切なもの踏まれて壊されて心配までしろって!?　死んだじいちゃんの形見なんだぞそ

れっ」

小林くんとかりんが言い争うのを、呆然と見つめる。

ふたりは、先生が止めにくるころには、殴りあいが始まってもおかしくないくらいにヒートアップしていた。

（高価なボールペン……おじいさんの形見を、かりんが踏んで壊した……！）

ブワーッと、全身の毛が立つ。

ホンモノだったんだ。さとるくんは。だからこんなこと、わかったりしたんだ。

すごい。ふたり、本気でケンカしてる。

こういうことがもっと起きてくれたら——。

わたしは口もとを手でかくしながら、ニィッ……と笑った。

4

『もしもし。私はいま、左倉駅にいます』

「かりんと小林くんのキョリを物理的にはなせない？　班も席も同じで、いつも近くにいるのがむかつくの」

『先生に、目が悪くてこまっている人が多いみたいと伝えること』

『もしもし。私はいま、より野駅にいます』

「かりんがみんなの前で失敗するようにできない？　裏切り者が人気者っておかしいよね」

『ダンス部の発表会で、ターンのタイミングをわざとまちがえること』

――すごい。

さとるくんの言ったとおりにしたら、かりんと小林くんは席替えではなれた席になって、わたしが小林くんと同じ班になれたし、ダンス部の発表会でターンのタイミングをわざとまちがえたら、わたしにつられてかりんもまちがえた。ちょうどかりんの苦手なふりつけのところだったらしくて、かりんはセンターで目立つミスをしたことになる。

「もーっ、落ちこむなって、かりん〜っ」

「でもせっかく練習したのに、あたしが目立つミスしたせいでだいなしに」

わたしは、発表会後の打ちあげ（特別に先生のおごりでファミレスだ）で、ほかの部員にはげまされているかりんを見やる。

――でも、あれだけの失敗をしたのに、あっさりゆるされちゃったし、人気者からは転落してないんだよね。

「ごめんねかりん。わたしがタイミングズレたせいで……」

「結菜は悪くないよ。結菜のズレは、ほんのちょっとだけだったじゃん。つられたあたしが悪いんだよ」

申しわけなさそうな顔を作ってあやまると、かりんはそう言って首をふった。

……本当はどう思ってるんだか。

「ふうー……」

それにしても、なんだか肩が重いなぁ。

最近、発表会前で部活が多かったから、つかれてるのかな。

「だいじょうぶですか？　結菜先輩」

「うん、平気……。ありがとう、咲良。ちょっと肩と背中がズシーンって重い感じがするだけ。体調が悪いとかじゃないよ」

「そうなんですか？　でも背中が重いって……やだあ先輩、背後霊にとりつかれたりでもしてるんじゃないですか」

冗談めかしてそう言い、となりに座った1年生の女子――咲良が笑う。

背後霊、か……。

わたしがだまりこんだのを、咲良は怒ったとカンちがいしたのか、あわてだす。

「すいません……最近、1年女子のあいだでうっすらオカルトが流行ってて、つい」

「……オカルトが？　なんで？」

「1年1組に、緋宮せいらっていうめちゃくちゃかわいい子がいるんですけど。その子が、ユーレイ？　とか、呪い？　とかの悩みを解決してくれるって、一部でウワサになってるんですよ。なんでも、3年の畠山先輩も助けてもらったとかで。それで、ちょっとしたオカルトブームが起きてるんです」

ここだけの話、たぶんかりん先輩よりかわいいですよ、と声をひそめて咲良が言う。

畠山先輩というのは、生徒会長の畠山翔先輩か。かっこよくてやさしいって、2年でも人気がある。

(そういえば……わたしの背中が重くなってきたのって、ダンス部の練習が増えてきてからじゃなかった、ような)

いや、ような――じゃない。ちがう。

わたしの肩や、背中が重くなってきたのは、『さとるくん』の呼びだしに成功してからだ。

それから、どんどん、身体が重く――……。

「結菜先輩？　どうしました？」

「あ……あの、咲良。1年生の間でオカルトが流行ってるなら、もしかして、『さとるくん』って怪談、知ってる？　電話がつながったらなんでも質問にこたえてくれるっていう」

ああ、と咲良がうなずいた。

「知ってますよ。質問にはこたえてくれるけど、最後は自分の真うしろまで近づかれて、あの世や異界につれてかれちゃうんですよね」

「えっ」

「よくありがちなオチですよね～」

ケラケラ笑う咲良。……でも、わたしは笑えない。

吐き気がする。

口もとを押さえてふらふらと立ちあがると、「すみません、わたし帰ります」と顧問の先生に言った。

「どうかしたの、日吉さん」

「結菜先輩、やっぱり体調悪いんですか？」

「うん、ごめん……あとはみんなで楽しんでくださいっ」

「結菜っ！」

かりんの声が追いかけてくるけど、無視してファミレスをでる。

無我夢中で走って家までたどり着くと、不意にスマホが鳴った。

おそるおそる手にとってみると……画面には『非通知』の文字。

「あ、あ……」

どうしよう。『さとるくん』かな。でなきゃいけないの？　でもこれ以上近づかれたら命が……。

いや、逆にでない方が怒らせたりする？

「も、もしもし」


『――もしもし。私はいま、夫畑駅にいます』


「っ！」

うそ、もう最寄り駅まできてる……！

どうしよう。本当に自分の真うしろまでこられたら死んじゃうの？

このペースなら、数日後にはわたしの家くらいにはたどり着いちゃうんじゃ……。

「やだ……！」

ベッドに飛びこんで、ふとんにくるまる。

どうして？　本には、さとるくんに質問しすぎると不幸になる、とは書いてあったけど、近づいてくることも、自分の真うしろまでこられたら殺される、なんてことも書いてなかったのに。

(けど……咲良は『さとるくんは近づいてくる』って知ってた。それって本より正しいことを知ってたってことだよね)

それならやっぱり咲良の言うことが正しいんだろうか。

わたしはやっぱり、死んじゃうの……？

「……そうだ！　咲良がたしか、オカルト系の悩みを解決できる子がいるって言ってた」

わたしはふるえる手でスマホをつかみ、メッセージアプリを開く。

そして、咲良とのチャット欄に、こう書きこむ。

『さっきは突然帰っちゃってごめんね。

あと、これも唐突なんだけど……あのとき話してた、ヒノミヤさんって子、紹介してもらってもいいかな？　相談したいことがあるんだ』

5

「**はじめまして、日吉先輩。緋宮せいらといいます**」

「あ……うん。日吉結菜です。今日はいきなりごめんね、緋宮さん」

「いえ、こちらこそ1年の階まできていただいて」

咲良の言っていたとおり、緋宮さんは見とれるくらいの美少女だった。

ミステリアスというんだろうか。おだやかな笑みを浮かべて背筋をのばして立っていて
……まるで白いユリの花みたい。

「たしか、あまり人に聞かれたくない悩みだとか」

「うん……中2にもなってホラーを本気にしてると思われたらアレだし……ちょっと、恋愛のこととか、そういう話もあるから」

「そうですか。ではこちらの空き教室で話しましょう。だいじょうぶ、だれもいませんから」

安心させるようにそう言う緋宮さんにうなずき、ふたりで空き教室のなかに入る。

「――なるほど。『さとるくん』と電話がつながってしまったんですね。それで、『さとるくん』に恋愛相談をしていたら、どんどん近づいてきて、恐ろしくなったと」

「うん。あの、信じてくれるの……？」

「わざわざわたしに相談をするくらいですから、せっぱつまっているのだろうなということは想像がつきます」

緋宮さんがまゆじりをさげてほほえむ。

清楚なお嬢様みたいな笑みだ。……わたしもこの子くらいかわいければ、小林くんも……。

「それにわたしは『**怪異対策コンサルタント**』ですから。まずは依頼人の方のお話を、きちんと聞くことにしているんです」

「そっか……。その『怪異対策コンサルタント』の仕事内容が、オカルトの悩みを解決すること、なの？　咲良も具体的なことは知らないみたいで」

「まあ、そんな感じでしょうか。……正確には、解決、ではなく、解決のサポートですが。

コンサルティングですので」

そう言って、緋宮さんは『怪異対策コンサルタント』の仕事内容と、契約した場合の注意事項について説明してくれた。

つまり、相談内容が【怪異性アリ】——オカルト的なことなら、それを解決するための、あるいは危険なことを避けるためのアドバイスをくれる、ということのようだ。

(アドバイスには【助言】と【指示】がある。【助言】はムリにはしたがわなくていいけど、【指示】をやぶったら、あぶない目に遭っても、しょうがないと思ってね……ってことか)

わかりやすくて、ありがたい。

それに、ワラにもすがる思いだったから、死ななくて済むなら万々歳だ。【助言】でも【指示】でもなんでもこい。

「たしかに、このままだとまずいかもしれませんね。『さとるくん』の伝説にはいろいろなパターンがあるんですけど、咲良さんの言うように、うしろに立たれら、命をとられるというものもありますから。それがあてはまってしまったら……」

「そ、そうだよね！　だからわたし、契約するよ。そうしたら助けてもらえるんでしょ？」

「ええ。力を尽くします」

ほほえんだままうなずく彼女にほっとして、さしだされた契約書を見下ろした。

（うわー、真っ赤……ちょっと、不気味かも）

なぜか血のように赤い色をした契約書に名前を書き、緋宮さんにわたす。

「これでいいかな」

【契約者学年・年齢・氏名】
２年１組　14歳　日吉結菜

「ええ、たしかにいただきました。ありがとうございます」

「よかった。じゃあ、さっそくどうすればいいのか教えてくれない？」

「そうですね……」

緋宮さんが、赤い契約書を黒いバインダーにはさみながら、言う。

「『さとるくん』が既にでてきているなら、【怪異性アリ】の案件でしょう。ただ、『さとるくん』を退治するとか、追い払うとか、そういった方法はわたしも知りません」

「えっ」

「──まあですから、いまは『**非通知の電話はとらない**』という【助言】をさせていただくくらいしかできません」

そもそも電話をとらないでいれば無事でいられるのかも定かではないですし──と、そうつけ加える彼女は、あくまで冷静な笑みを浮かべたままだ。

(なにそれ……)

電話をとらないって、それだけ？　……そんなカンタンな方法なら、わたしだって思いつくよ。

これなら、べつにわざわざ相談なんてしなくったってよかったんじゃないか。

がっかりして、わたしはハァ、とため息をついた。

「……期待しすぎてたみたい。下級生に助けてもらおうって考えたわたしがあまかったのかも」

すると、「あら」と言って、緋宮さんが目をほそめる。

「早とちりなさらないでください、先輩。わたしはあくまで『いまは』と言いましたよ」

「え？　……じゃあ、時間があれば、解決できるってこと？」

「可能性はあります。なので、先輩が電話をとらないでいるうちに、なんとか根本的な解決方法を考えてみます」

「緋宮さん……」

「それに、今回のご相談の怪異……『さとるくん』。なにかがひっかかるんですよね」

ひっかかる……？　なにか、話におかしなことでもあっただろうか。

……もしかして、『さとるくん』に聞いた内容が、恋愛相談だった、というウソに気づいたとか？

どうしよう、と静かに青ざめていると、「とにかく調べてみますね」と彼女が立ちあがる。

「だいじょうぶ、安心してください。契約がある限り、かならず最良の助言とサポートをしますので」

6

「咲良、ちょっといい？」

「んー？　なんですか、結菜先輩」

発表会が終わり、再開されたばかりのダンス部練習にて。

わたしはこっそり、咲良を呼びだして尋ねた。

「緋宮さんから、なにか聞いてたりしない？　紹介してもらってちょっと……相談してみたんだけど、ぜんぜん音沙汰なくて」

「あたし、なにも聞いてないです。結菜先輩がホントに緋宮さんに悩み相談したっていうのも初耳なくらいです」

「そっか……」

「というか、結菜先輩、だいじょうぶですか？　顔色悪いですけど……緋宮さんに相談したっていう悩み、深刻なものなんですか」

「平気だから。ありがとう」

──あれから1週間。

いまだに、緋宮さんから追加のアドバイスはない。

一応、一度は、緋宮さんに直接、まだなにかわからない？　と連絡はした。

でも、それも2日前のこと。ひんぱんに連絡するのは催促するみたいで気が引ける。

(それに、直接連絡をとるのは、なんか……怖いんだよね)

ミステリアスな美少女で、気軽に話しかけづらいっていうか。

きれいな笑みを浮かべてても、その裏で本当に笑ってるかわからない怖さがあるっていうか……。

「じゃあみんなおつかれ！　解散！」

部活のあと、後輩たちと別れ、家路につく。

わたしはひとり、スマホをながめてため息をついた。

あれから何度か、『さとるくん』らしき非通知の電話がかかってきている。というか、ほとんど毎日かかってきている。

いま、どのあたりにいるのかな……と思うと、不気味でしょうがない。

「ただいまー……」

「おかえり。ご飯できそうだから、着替えてきなさい。そうだ結菜、今日はね、実は……」

「わかったからちょっと待って」

なにか話したそうなお母さんをさえぎって、2階の自分の部屋にむかう。

今、だれかとおしゃべりをしてる元気はない。

のそのそと着替えをして、ベッドに座りこんで、またため息。

──がたんっ。

「ひっ！」

物音がして飛びあがり──それから、いまの音はただお母さんがキッチンで立てた音だと気づいて、肩の力を抜いた。

……ここ数日は、いつもこう。物音がするだけで、『さとるくん』が家の近くまで近づいてるんじゃないかって思ってしまう。

だから、あんまり眠れてもいない。咲良に言われた顔色の悪さは、寝不足のせいだ。

このままじゃ、わたし……。

――ピリリリリリッ

「ひゃあっっ!?」

突然着信音がなりひびき、わたしはのけぞった。その拍子に、スマホをとり落とす。

落としたスマホ画面には、『非通知』の文字。

また、心臓が早鐘を打ちはじめる。――『さとるくん』からの電話だ……!

(おちつけ、おちつけ。通話ボタンを押さなきゃいいだけなんだから)

押さなければ、なにも怖いことはない。そのはずだ。

どくん。どくん。自分の心臓の音が、さっきよりもはっきりと聞こえる。

なりつづける着信音に、頭がおかしくなりそうだ。

「あ」

そうだ。

そもそも『さとるくん』は、なにを聞いてもこたえてくれる存在だよね？

なら、『さとるくん』と永遠に縁を切る方法だって、こたえてくれるんじゃない――？

「……、」

そうだよ。聞いちゃえばいいんだ。そうすれば手っとり早く、終わりにできるはずだ。

「ハアッ、ハアッ、ハアッ……」

息が切れる。

こわい。こわい、こわい。こわい。終わりにしたい。早く……！

わたしは、ふるえる手を、落としたスマホにむかってのばして――

「**やめてください。怒らせてしまいますよ**」

その手首を、だれかにつかまれた。

「えっ」

わたしは、わたしを止めた人を見て、あぜんとして目を見開いた。

「緋宮さん、なんで」

「はい、緋宮です。間一髪でしたね」

緋宮さんがにっこり笑う。

どういうことなんだ。どうしてわたしの部屋に緋宮さんが……？

「日吉先輩のお母さまになかにいれていただいたんです。お話ししたいことがあったので。……でも先輩ったら、お母さまのお話も聞かず2階にあがってしまうものだから」

「え……」

じゃあさっき、お母さんが言いかけてたことって、緋宮さんがきてるってことだったの？

「突然お部屋に押し入って、ごめんなさい」

「う、うん。それはまあいいんだけど」

先輩、と緋宮さんがきれいな笑みを浮かべた。

「――**『さとるくん』の正体がわかりましたよ**」

「『さとるくん』の正体……？」

「はい」

よくわからず、首をかしげる。

なにを言ってるんだろう。『さとるくん』は『さとるくん』じゃないの？

「ちがいます。日吉先輩と電話でしゃべっていたのは――おそらく、**『さとるくん』を装った悪霊**です」

「悪霊？」

「ええ。……先輩、電話にでて、『あなたと縁を切る方法』みたいなことを聞くつもりじゃありませんでした？」

図星をさされて、押しだまる。

緋宮さんは「やっぱり」と言って苦笑した。

「だめですよ。そんなことをしたら、あなたに執着してとりついている悪霊が激怒します」

「激怒……」

「ええ。たとえば好きな相手から、『あなたとの縁を切りたいけどどうすればいい？』と聞かれたら、怒りますよね？　そういうことです」

「はあ……」

そういうことです、なんて言われても。

縁を切る方法を質問をしたら、悪霊？　が怒る理由はわかった。けど、わたしが悪霊に好かれたり、とりつかれたりした理由がわからない。

そもそも電話をかけてきた『さとるくん』は、ちゃんと都市伝説どおり居場所を言ってたし、わたしの質問にもこたえてくれていた。

ニセモノの霊だったなら、どうしてわたしの質問になんでもこたえることができたの？

そんな、神様みたいなこと――。

「神様みたいな、ですか。本当にそう思います？」

わたしがそう聞くと、緋宮さんがそう言って首をかしげた。

「どういう意味……？」

「日吉先輩。契約後から、わたし、『さとるくん』について調べてみたんです。いろんなパターンで語り継がれている『さとるくん』ですが、いくらさぐっても、被害者らしき人はこれまでひとりもいなかった」

──ならば日吉結菜のところにだけあらわれたのか。

それもおかしいでしょう、と彼女は言う。

「だから考えました。先輩にとりついている霊は、『『さとるくん』を知っている霊』だったんじゃないか。……先輩に『ここにいるよ』って気づいてもらうために、『さとるくん』の儀式を利用したんじゃないかって」

「！」

思わず、息をのんだ。

たしかに都市伝説を知っているなら、『さとるくん』のフリができるかもしれない。

「質問にこたえてくれた、というのも、よく思いだしてください。……あなたがした質問は、あなたのそばで周りを観察していれば、こたえがわかったりするものだったりしませんか？」

「そんなこと……」

ない、と言おうとして、途中で口をつぐむ。

――かりんがペンを踏んで、小林くんとケンカした件。

ペンが形見なのはわからなくても、高そうなのは見ればわかるし、足もとにおけばかりんが踏んで転ぶ可能性は高い。高価で大切なペンを踏まれたら、だれだって怒る。

――席替えの件。

目が悪くてこまっている人がいる、と言ったら、席替えをしよう、と先生が考えるのもあたりまえだ。それに、新学期がはじまって少し経っていたくらいだから、席替えのタイミングとしてもばっちりだ。

――発表会の失敗の件。

かりんの苦手なパートは、よく観察すればわかったかもしれない。だったらそこでわざとミスをすれば、かりんがそれにつられる可能性は高い。

（……ウソでしょ……）

ぜんぶぜんぶ、よく考えたらだれにでも思いつくようなことじゃないか。

どうしてわたし、こんなカンタンなことに気がつかなかったんだろう――。

「咲良さんから聞きました」

ショックで固まるわたしに、緋宮さんがおだやかな声で言う。「日吉先輩、夏休みに、肝だめしに行ったんですよね」

「う、うん。キャンプの一環で」

「ならおそらく、そのときに霊をつれて帰ってしまったんでしょう」

そう、だったんだ。

だから、背中や肩が重くなったりしたんだ。

電話をするたびにズシーンと重くなったのは、わたしと悪霊の結びつきが、どんどん強くなったから――。

「日吉先輩はきっと、霊媒体質なんでしょうね。そういう人って、なにもしなくても霊にとりつかれてしまうことがあるんです」

「霊媒体質……わたしが?」

「ええ。近くにいいお祓いをしてくれる神社があるので、紹介します。近いうちに、そこに行ってお祓いを受けてください」

そう言い、緋宮さんは、メモ帳になにかを書きつける。

そしてその1ページをやぶり、わたしにわたしてきた。……住所が書かれている。

「先輩、これは【指示】です。きっちり、悪いものを落としてきてくださいね」

そうすればきっと、だいじょうぶ。

緋宮さんの表情がそう言っていて——わたしは思わず目頭を押さえた。

「わかった……。ありがとう、緋宮さん」

7

「たしかに、なにか悪いものがついているようです」

つぎの土曜日。

さっそく緋宮さんに教えてもらった神社に行くと、神主さんにそう言われ、すぐにお祓いをしてもらえることになった。

お祓いが終われば、ずーんと重かった肩も背中もすっかりかるくなり、気分もよくなった。

もうこれで『さとるくん』におびえる必要はないんだ。

そう思うと、暗くなっていた視界がぱーっと晴れるみたいで、わたしは神主さんにたくさんお礼を言った。

「ありがとうございました……！　体調がよくなった気がします」

「いいえ。すぐに追い払えてよかった。このまま放置していれば、よくないことが起きていたかもしれません」

ですから今日きていただいたのは正解でしたね、とやさしそうな神主さんが言う。

お祓いのプロの人が言うなら、わたしやっぱり、けっこうあぶなかったのかな。

本当に緋宮さんには助けられたな……。

「やっぱり悪霊がついてたんですか」

「ええ……。身体だけでなく、心も暗くさせるような霊でした」

心も、かあ。……うん、たしかにお祓いをしたことで、気持ちも晴れた気がする。

ココ最近はいつもかりんにイライラしてたから。そういう悪意みたいなものも、なくなって――。

そこまで考えて、わたしはにわかに青ざめた。

（むしろわたし、どうしてかりんをあんなふうに嫌ってたんだろう）

かりんは明るくていい子だ。だから仲良くしていた。大切な友達だ。

それなのに、どうして彼女がインスタに悪口を書いてるとか、ナイショで小林くんとつき合ってるとか、思ったんだろう。

……わたしにそれを伝えた佐藤くんは、ただのクラスメイトだ。

普通なら、かりんはぜったいそんなことしないと、かりんの方を信じられただろう。

なのに、あのときはどうしてあっさり佐藤くんを信じてしまったのか。かりんにたしかめることもしないで――。

（悪霊がついていたから？　だから、かりんのことを信じられなくて、憎んでたってこと？　かりんはわたしを裏切ってない……？）

だとしたら、わたしはなんてことを。

……いやでも、かりんがわたしと小林くんを近づけないようにしていたのは、思いこみじゃない。事実だ。

だったら、いったいなにが本当のことなんだろう。

（たしかめなきゃ）

わたしはスマホのメッセージアプリを立ちあげると、通話機能でかりんに電話をかける。

「もしもし、かりん、突然ごめんね。月曜日、学校のあと、ふたりで話があるんだけど

――」

◇◆◇

「どしたの結菜。ふたりで話したいことって」

「ごめん。あの、ちょっとね……」

月曜日の放課後。

学校から少しはなれた公園でかりんとふたりになったわたしは、一緒にベンチに座るなり、本題に入ることにした。

「あのさ！　かりんって、わたしと小林くんを引きはなそうとしてるよね？」

「えっ」

「カンちがいだったらごめん。でも、そうとしか思えなくて。かりんも小林くんのことが好きなら、本当はつきあってる、なら、そう言ってほしくて、それで……わたし……」

最後の方がしりすぼみになってしまう。

……だって、怖い。本当にかりんが小林くんのことを好きなら、わたしに勝ち目なんてない。

いくら悪霊がついていたからとはいえ、わたしは自分のためにかりんを不幸にしようとした卑怯な人間だ。

もしもかりんがわたしを裏切っていたとしても、それはわたしがかりんにヒドいことをしていい理由にはならない。

そんなわたしじゃ、かりんにはとても太刀打ちできない――。

「結菜……」

かりんはまゆじりをさげて、迷うように視線をさまよわせている。

そして、ややあってから――「本当は話したくなかったんだけど」と口を開いた。

「あのね。実は小林……カノジョいるんだよ。もちろんあたしじゃなくて」

「……えっ？」

カノジョ。……小林くんに？　しかも相手はかりんじゃない？

なにを言われているのかよくわからなかった。

「正確には、カノジョっていうか遊び相手？　あいつ女好きで、たくさん言い寄ってる相手がいるの」

コレ見て、とかりんがスマホの画面を指さす。

そこに映っていたのは……3年の先輩らしき女子と肩を組む小林くんの画像だった。

「これも、これも見て」

「わ、うわ……ウソ……」

1年生女子と仲良さそうに話している小林くん。

となりのクラスの女子の腰を抱いてる小林くん。

どんどん顔から血の気が引いていくのがわかる。小林くんって、こんな人だったの……？

「本当は言いたくなかったんだ。結菜が傷つくと思ったから」

「かりん……」

「でも、キッパリ言った方がいいよね。あいつはサイテー男だから、やめた方がいいよ」

ため息をつきながら、かりんはスマホをしまう。

「あいつ、結菜が自分のこと好きだってわかってたから、遊んでやるつもりだったんだよ。だからあたし、結菜にはあいつとこれ以上近づいてほしくなくて……！」

小林ホント最低！　とかりんがさけぶ。

「あのね、はじめはこんなこと知らなかったから、結菜を応援するつもりだったんだ。でも、怪しいなって思って調べたら案の定で……。

ていうか結菜は、あたしが小林とかくれてつきあってるとか、だれから聞いたのっ？　ありえないって言ったじゃん！」

「それは……その、佐藤くんがそう言ってて。ごめん」

「あー、佐藤かぁ。あいつ、結菜に気がありそうだったもんね。だから小林との仲をジャマしようとしたのかも」

はあ、とかりんがため息をつく。

佐藤くんが、わたしのことを？　だからウソをついたりしたの？

だったら、やっぱりわたしの思いちがいだったんだ。……わたし、最低だ。

「でも、それで結菜がなやんでたなら……ごめん。あたしもちゃんと、ホントのこと言うべきだった。ズルズル隠すんじゃやなくて」

「ちがう！　……ちがうんだよ」

かりんはなにも悪くない。友達なんだから、わたしがちゃんとかりんを信じるべきだった。

それができなかったわたしが弱かったんだ――。

「あのねかりん……聞いてくれる？　わたし、かりんのこと信じられなくて、ヒドいことしちゃったの」

ちゃんとぜんぶ話して、あやまろう。

それで、もし……もしゆるしてもらえたら、きっとこんどこそ、わたしたちは親友になれるはずだ。

(……そういえば)

わたしに嘘をついたっていう、佐藤くん。

今日、学校で見なかったな。学校を休むイメージなんてぜんぜんないのに、なんでだろう。

8

「くそっ。結局、たいして成果ねえじゃん」

——結菜とかりんが仲直りするその前日、日曜日の夜のこと。

夫畑中学校2年1組**佐藤昌也**は、自分の部屋でイライラしながらスマホをいじっていた。

「せっかく『さとるくん』につながったってのに。ぜんっぜん、アドバイス、役に立た

ねーじゃんか」

舌打ちをする。

夏休みの肝だめしで、小林が話題にしていた『さとるくん』。

佐藤は同じクラスの結菜のことが好きだった。けっこうかわいいし、つきあいたいと思っていたが告白するような勇気はなかった。

だからできるなら、むこうから告らせてやりたい。

それでなにか方法はないかと思い、『さとるくん』という都市伝説を試してみたら——つながってしまったのだ。

（波多野と小林がつきあってるってウソを流せば、チャンスじゃなかったのかよ）

はあ、とため息をつく。

都市伝説の怪異も、たいして使えないな、と思った。

——とはいえ、『さとるくん』は、一応、いろいろと佐藤の質問にこたえてくれた。

まず佐藤は、結菜の好きな人を聞いた。

それは小林だ、と『さとるくん』は教えてくれた。

だからつぎに、結菜が小林を好きじゃなくなり、自分を好きになってくれるにはどうすればいいのか聞いた。

そうしたら、ウソをついて友人であるかりんを遠ざけ、結菜を孤立させたうえで、「自分だけは味方だ」という顔をすればいい、と『さとるくん』は言った。

実際、一時期、結菜はかりんをきらいになっていたと思う。

けど、昌也と結菜との仲はいっこうにちぢまらない。

「効果おっせーんだよ。マジ、どうなってんだよ」

がり、とツメを噛む。

――ピリリリリリッ

瞬間、着信音がなりひびく。

きた、『さとるくん』からだ。佐藤はあわてて通話ボタンを押す。

「もしもし！　なあ『さとるくん』、今回の質問なんだけどさ、」

『――もしもし。ぼくはいま、あなたのうしろにいます』

「……え？」

ひた、と、すぐうしろで、足音がした。

佐藤は、おそるおそるふりかえると。

そこにいた、なにか、黒い人影のようなものが、ニヤリと笑ったのを見て――一気に、目の前が真っ暗になった。

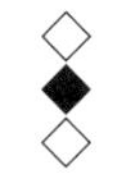

「佐藤先輩が行方不明、ですか……」

――そして、月曜日の放課後。

せいらは、警察官がぞくぞくとあつまってきている佐藤家を少し遠くから見守っていた。

月曜日の朝、佐藤のお母さんが「息子の昌也がいなくなった！」と警察に通報したらし

い。

日曜日の夜に確実に家の中にいたのに、こつぜんと姿を消してしまい、行方がさっぱりわからないというのだ。

「驚きましたね。まさか、ホンモノの『さとるくん』とつながっていた人がいたなんて」

結菜が霊媒体質だったように、佐藤昌也は強い怪異を引き寄せる体質だったのかもしれない。

きっと彼は、この世ではないどこかへつれていかれてしまったのだろう。真うしろまで近づいてきていた『さとるくん』に――。

せいらが調べた限り、今まで『さとるくん』につれていかれた人はいなかった。

つまり今日はじめて、『さとるくん』の被害者がでたというわけだ。

「惜しいことをしましたね……。うまくやっていれば、彼から契約書をもう1枚もらえていたかもしれないのに」

まあいいか、と肩をすくめる。

……少なくともこの件で、しっかりひとつ、契約書を集めることができたのだから。

せいらはフッと笑うと、日吉結菜のサインが記された赤い契約書を、黒い炎に変えた。

3枚目 呪いの楽譜

1

目が覚めたら、暗くて、不気味なメロディが聞こえきた。ピアノの音だ。

オレは起きあがると、深いため息をつく。

その、聞いているだけで気分が落ちこんでくるピアノの音がどこから聞こえてくるのか——というと、自分の家の中からだから、なおさら気分が落ちこむ。

(まだ、朝だぞ)

かんべんしてくれよ、と思いながら、部屋からでて、1階にあるリビングにおりる。

そのあいだも、ピアノの音はつづいている。

「おはよう洸希。よく眠れた？」

「母さん……。これで、よく眠れると思う？」

ため息をつきながら言うと、そうね、と母さんが苦し気に笑う。

「今日は6時ごろ起きるなりピアノを弾きだして。話しかけてもまるで聞こえてないみたいなの」

「まじかよ」

リビングでは、やつれた横顔の妹――ゆりなが、ピアノにかじりつくようにして鍵盤をたたいていた。

譜面台には、画用紙に貼られた楽譜がおかれている。

オレは、ゆりなにむかって、強い声で言う。

「いい加減、その曲弾くのやめろって、ゆりな！　母さんこまってるだろ」

そう。

最近、オレには悩んでいることがある。それは――妹のゆりなが、同じ曲をえんえんと、一心不乱に弾きつづけていること。

暗くて不気味で、どこかで聞き覚えがあるようなその曲の楽譜を見つけたときから、妹はおかしくなってしまったのである。


――オレの妹、**望月ゆりな**はピアノの天才だ。

ふたつ年下の妹がピアノをはじめたのは、夫畑市に住んでいた5年前。

幼稚園児だったゆりなは、ピアノをはじめると、あっという間に上達してしまった。東京に越したあと、コンクールで賞をいくつもとるようになった。

それでしばらくして、こんどは父さんが海外に単身赴任することになり、オレたちは夫畑市に戻ることになって。

その引っ越し作業のときに、見つけた。あの、不気味で暗い曲の楽譜を。

それからだ。ゆりながなにかにとりつかれるように、楽譜の曲を弾くようになったのは――。

◇◆◇

「じゃ、望月くん。前にでて自己紹介してくれるか」

「はい」

担任の先生にうながされ、黒板の前に立つ。

クラスのみんなは、オレ――季節はずれの転校生を、興味深そうな目でまじまじと見あげている。

うっすら、記憶にのこっている顔もチラホラあるけど、むこうはオレに気づいてるかな。

「東京から転校してきた**望月洸希**です。えーと、実は5年前にもこの夫畑市に住んでたので、オレのことを知ってるやつもいるかもしれません。

まあ知ってる人も知らない人も、仲良くしてくれるとうれしいです。よろしくおねがいします」

ペコリと頭をさげる。

それから少しして、教室に拍手の音がひびきわたる。

とりあえず歓迎してもらえたようだとわかって、オレはほっとして笑う。

昔から友達をつくるのはけっこう得意だ。愛想もある方だと思う。なんとかやっていけそうだ。

(そういえば、『あいつ』も、友達たくさんいたよな)

このクラスにはいないらしい、かつての幼なじみの顔を思いだす。

顔立ちはかなりかわいいのに、おてんばで男勝りなところのあった幼なじみ。小学校に入学したばかりのときは、どっちがどれくらい友達を作れるか競争したこともあったな。

元気にしてるだろうか。

（……まああいにく、オレはあんまり元気じゃないけど）

ここ最近ずっと、えんえんと同じ曲ばっかり聞かされてるんだ。気分も悪くなる。

今日が初登校の日なのに、ゆりなは学校に行こうとするどころか、ピアノからはなれようともしない。というか、学校に行かせようと楽譜をうばおうとしたらヒステリックになるし。

そもそもオレも母さんも、ここ1週間くらいゆりなとまともに会話もしてない。

（食事もあんまり食べていないから、あいつ、最近はずいぶんやせた気がする）

まじで、これからどうなるんだろう。

オレも、母さんも、もうだいぶつかれてきてる……。

「望月？　おーい、望月？」

「あっ、ごめん」話しかけてきたクラスメイト――数人いる小学校からの知りあいで、名前は高木だ――の声に、オレはあわてて顔をあげた。「聞いてなかった、なんだって？」

「はは、どうしたんだよボーッとして。いまから、部活見学行かないかって言ったんだよ。先生に見てこいって言われてただろ」

「ああ、部活ね……」

そういえば、もう放課後なのか。

ゆりなのこと考えてたら、いつの間にか一日が終わってたな……。

(いまのゆりなとずっと一緒にいなきゃいけない母さんのことは心配だけど正直、あの気味の悪いピアノがずっと流れている家には帰りたくない。

少しくらいは部活をのぞいてもバチは当たらないよな。

「助かる。高木がいいなら案内してくれるか？」

「まかせろ！　おれはサッカー部だし、運動部を案内するから。……で、文化部の案内なんだけど、古賀にきてもらおうって思って」

「ども。古賀優です」

高木のうしろから、古賀と呼ばれたやつが顔をだす。見たことがない顔なので、たぶん小学校はちがうだろう。

聞けば古賀は1年1組の生徒で、3年生に姉がいるらしい。生徒会副会長をしてるとか。

「まずはどこから行く？」

「ここから近いのは強豪の吹奏楽部の練習室かな。軽音の活動場所も近いぜ。軽音部も県のコンテストで賞をとってる」

ギターとキーボードの3年生が上手いんだ、と古賀が言う。コンテスト上位常連のバンドが1組あるらしい。

キーボード、かあ……。

「いいじゃん、軽音部！　望月にめっちゃあってる！　望月、顔もけっこうイケメンだしあってるって。強豪バンドのキーボードの座、うばっちゃえよ」

「いや、なんでだよ……」

「だって望月、たしかそういうの得意だろ」

「なに言ってんだか。……ちょ、おい、たたくのやめろ」

ばしばしと背中をたたいてくる高木の手を払いのける。

ああ背中がじんじんする、と思いながら顔をあげたそのとき。

「あ……」

波打つ黒い髪が、目の前を横切った。

ふわりと、ユリの花の香りがする。

(――せいら?)

髪も背もすっかりのびていたが、まちがいない。いまのは、せいらだ。

せいらは、オレが東京に引っ越す前まで近所に住んでいて、小学校に入る前からずっと親しかった幼なじみだ。

やっぱり、せいらも夫畑中学校に通ってたのか。

「どした? 早く行こうぜ」

「お……おうっ」

高木に呼ばれて、あわててふたりのもとへ走っていく。

せいらは何組なんだろう。高木に聞けばわかるだろうか。

「望月おまえ、さっき緋宮さんに見とれてただろ。あ、緋宮さんってのはさっき通った子のことな」

「は——はあっ!?」

高木と古賀に追いついたタイミングで、ニヤニヤとしながら高木に聞かれ、オレはすっとんきょうな声をあげた。「な、なんでそんな……」

「ごまかさんくていいって。美人だよな。おれも小学校同じだけど、あんまクラス一緒になったことないからさ、おれ緋宮さんのこと中学にあがるまでよく知らなかったんだよ。昔からかわいいって評判だったけど、いまはミステリアス美少女って感じ?」

「まあたしかに、せいらは顔は整って……って、え? ミステリアス?」

せいらが?

小3まで、男子より木登りがうまくて、虫も平気で、いっつも外でかけまわってたせいらが? ミステリアス?

なにを言ってるんだこいつ、と思っていると、不意に古賀が「バカバカしい」と吐き捨てた。ひどく冷ややかな声だった。

「どいつもこいつもあんな冷血なやつにダマされて。バカじゃないのか」

「こ、古賀……？」

「あのさ、望月。悪いこと言わないから、あいつとは極力関わらない方がいい。特に不思議なことが起こったときは、あいつにだけは言うな。いいように利用されるぞ」

それだけ言い、古賀が背をむける。オレは、ぽかんとして古賀の背中を見つめた。

いいように利用される、って……。せいらに？

正義感が強くて、こまってる子がいたら助けずにはいられない、そんなせいらが——人を利用する？

（なんか、誤解されるようなことがあったのかな、あいつ……）

会って話ができれば、なにがあったかわかるだろうか。こまってるなら助けてやりたい。

でも、わざわざ話しかけに行くのも気恥ずかしい。

……どうしたもんかなあ。

2

「ゆりな、病院につれていくことにしたから」

つぎの日の朝、母さんは思いつめたような顔で言った。

午前5時のリビング。

今日は最悪だった。ゆりなは朝どころか、深夜3時ごろからピアノを弾きだした。

ゆりなのピアノは、最近になると聞いているだけで頭が痛くなってくる。夜に聞かされるととうぜん寝ていられないので、オレたちは3時にたたき起こされたことになる。

「母さん、いい加減おかしくなりそうで……」

「それは、まあ、オレもだけど。でも、病院って。効果あるの？」

「こころのクリニックみたいなところよ。もしかしたら母さんが、たくさんピアノの練習させちゃったせいで、ストレスでああなっちゃったのかもしれないから……」

母さんがちらりとゆりなの方を見る。ストレスねえ……。

（本当にそうかな）

えんえんとつづく、暗くてバラバラなメロディ。不協和音の連続。

ゆりながまちがえて弾いているわけじゃないのに、こんなに汚い音なのは、楽譜自体に問題があるからだろう。

……オレには、楽譜のせいに思えるけどな。あの楽譜を見つけたから、こんなことになったんじゃないかって。

「ゆりな。今日なんだけど、病院に行くからね」

ゆりなに近づいて行った母さんが言う。

「ふん、ふん、ふん」

ゆりなは返事をしなかった。

目の下を真っ黒にしながら、鼻歌を歌っている。あの曲のメロディだった。

「ねえ、ちゃんと話、聞いてよ」

「ふん、ふん、ふん」

「ねえ、ゆりな、おねがいだから……」

「ふん、ふん、ふん、ふん」

ゆりなは、あせって声をあげる母さんをまったく気にせずピアノを弾きつづけている。

暗闇のなか、目だけをにぶく光らせて。

母さんはつかれたようにソファに座りこんだ。

（どうすれば……）

家族以外の人に会ったら気分が晴れて、少しはピアノからはなれてくれたりするかな。

せっかく5年前までここに住んでたんだから、学校に行けば、なつかしい友達にだって会えるだろうに――。

「あっ」

せいらは？

幼なじみだったせいらは、何回もうちに遊びにきてたし、幼稚園児だったゆりなを構ってやってもいた。ゆりなもせいらになついてたはず。

ちょうど、話しかけにいきたいけど、特に用事がないから難しいな、と思っていたところだったんだ。

せいらに、『ゆりなに会ってやってほしい』って、たのみにいくのはどうだろう。

「いい案じゃん」

……久しぶりだな、せいらと話すのなんて。

ミステリアス美少女なんて呼ばれてたけど、どんなふうに変わったんだろう。

3

さっそくその日の休み時間、オレは1組に行き、せいらを訪ねた。

1組の女子にせいらを呼びに行ってもらっているあいだ、なんとなく、ソワソワとしながら待つ。

「**緋宮せいらです。わたしになにかご用ですか？**」

花の香りがして、思わず顔をあげた。そして息をのむ。

ツヤのある黒い髪、雪のような白いほお。大きな目に長いまつ毛。

――ウソだろ、こいつ。こんなに、美人だったっけ。

顔立ちはまったく変わっていない。でも昔はもっと日焼けしてて、髪はぼさぼさで、こんなにいい香りもしなかった。

「あら」だまりこんでなにも言えないオレに、せいらがわずかに目を見張った。

「**……もしかして、望月くん？**」

「あ、うん。久しぶりだな、せ……えっと、緋宮」

（『望月くん』か）

昔は、洸希って呼び捨てだったのに。

いやまあ、中学生にもなって『せいら』『洸希』って呼びあってたら、つきあってるとか言われかねないし、しょうがないか。

「こちらに戻ってきたんですね。そういえば転校生がきているという話でしたが、望月くんのことだったんですか」

昔とあんまり変わりませんね、とせいらがほほえむ。

「そんなことないって、背ものびたしさ。……緋宮もだいぶ、その、変わったよな」

「ふふ、望月くんが引っ越してもう5年も経つんですから。少しは変わりますよ」

「そんなもんかな」

……ぜんぜん『少し』じゃないと思うけど。

同級生にまで敬語を使うわ、笑い方もなんだか上品だわで、お嬢様みたいだ。昔はこんなきれいにほほえんだことなんてなかったぞ。

……でも、顔も声も、眼差しも同じなんだよな。

こいつがせいらなのは、まちがいない。

「それで、今日はどうしたんですか？　幼なじみにあいさつにきてくれたということですか？」

「あー」そうだ、それが本題だった。「や、それもあるんだけど……緋宮さ、たしかうちの妹と仲良かったよな」

「……ゆりなちゃんですか？　ええ、そうですね。何度か一緒に遊びましたし」

その言葉にほっとする。……よかった。ゆりなのことを覚えててくれたらしい。

「なら、ちょっとゆりなに顔見せてやってくれないか？　最近あいつ、様子がおかしくてさ。家族以外の……幼なじみの顔を見たら元気になるんじゃないかって思って」

「そうですか……」

せいらは少し考えるそぶりを見せたが、ややあってから、笑顔でうなずいた。

「わかりました、わたしでお役に立てるなら」

「ありがとう！　助かるよマジで」

せいらを家に呼ぶなんて、それも5年ぶりだな。

……あ。またなんかちょっと緊張してきた。

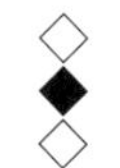

せいらとふたりで家に帰り、玄関の呼びだしベルを押す。

するとしばらくしてから、がちゃりとドアが開き、母さんが顔をだした。

「……ああ。帰ってきたの」

吐き捨てるように言う母さんに、目を見開く。

朝から顔色が悪かったが、いまはさらに青白い。

「お邪魔します。すみません、突然訪ねてしまって。お久しぶりです、おばさま」

「はあ？」

せいらがおだやかな声で言うと、母さんは眉をつりあげた。

「だれよ、ちょっと……だれかつれてくるなんて聞いてないんだけど！」

「母さん……？」

どうしたんだろう。

人の顔を覚えるのが得意で、愛想もいい母さんが、お客であるせいらに対してこんな態度をとるなんて。

「せいらだよ、幼なじみの。覚えてないか？　ゆりなに会ってもらおうと思ってきてもらったんだ。あらかじめ言っておかなかったのは、ごめん」

「知らないわよ！　もうなんでもいいけど、あんたまで迷惑かけないでよねっ」

母さんが唾を飛ばして怒鳴る。

オレはおどろいて、母さんの顔をじっと見てしまった。

怒ることはあっても怒鳴ることはめったにない母さんが……どうしたんだ？

「今日なんて本当に大変だったのよ！」

――ひどくキゲンが悪い様子の母さんが言うには、今日、ゆりなをつれて一応病院には行こうとしたらしい。

だが、病院につれていこうとすると、

「ああああああああ！　楽譜！　楽譜が！」

とさけんであばれて、とても外出なんてできない状態になったのだという。

ピアノからはなしたらこうなるのだ、そう思った母さんは病院につれていくことはあきらめたらしい。

そしてゆりなは結局ずっと、同じ曲を弾きつづけている。

「――ごめん、緋宮。いつもはこうじゃないんだけど」

ゆりなやオレへの文句をブツブツ言いつづける母さんをなんとかなだめて、ほかの部屋に行ってもらったオレは、すぐにせいらに謝った。

「だいじょうぶですよ。いきなりきてしまったわたしも悪いですから。それにおばさまのやさしさはわたしも知っていますので……おばさま、具合が悪いんですか？」

「うん。たぶん、この曲のせいで」

「……このピアノ曲ですか」

そう言ってリビングに入ったせいらが、「ゆりなちゃん」とピアノの前に座るゆりなに声をかける。

食い入るように楽譜を見つめてピアノを弾きつづけるゆりなに、こちらに気づく様子はない。

「ゆりなちゃん、こんにちは。お久しぶりです、せいらです。覚えてますか」

やはり返事はない。

ゆりなの目だけが、らんらんと光っている。

「……最近、ずっとこんな調子なんだ。だから、家族以外と話せば少しは変わるかなって思ったんだけど」

「ゆりなちゃんがこういうふうになってしまったのはいつごろからですか」

「8月に引っ越してきてからだよ。その曲の楽譜を見つけてから、ずっとこうで。えんえんと弾きつづけるんだ」

「楽譜、ですか……」

せいらがあらためて、楽譜台に立てかけられた楽譜を見やる。

「どこで手にいれたものか、わかります？」

「それが母さんも父さんも心当たりがないって言うんだよ」

「……望月くんには心当たりはないんですか？」

「オレ？　オレにもないよ。オレ、楽譜買ったりしないし」

「そうですか」

せいらがうなずく。

「……ああでも、曲自体は、なんか聞いたことあるんだよな。こんな毎日聞かされつづけてるからってわけじゃなくてさ、はじめて聞いたときからずっと」

「……わたしもです」

「えっ、せいらもか？」

驚いて、思わず名前で呼んでしまった。

せいらは気にする様子もなく、「はい」と首を縦にふる。

「どこか聞き覚えがあるな、と思っていました。どこで聞いたのかは思いだせませんが」

「そうなんだよ！　有名な曲なのかなと思ったけど、調べてもわかんないしさ」

実は、妙に聞き覚えがある、と感じたのは、家族の中でもオレだけではなかった。

母さんもどこかで聞いたことがあるような、と言ったし、楽譜を見つけたばかりのころはゆりなもそう言っていた。

（だが、有名な曲にしてはあんまりいい感じのメロディじゃない。クオリティも低いし）

おまけに聞いていたら気が変になりそうになる。

いや、実際に、ずっと家にいる母さんはもうすっかりおかしくなってしまった。オレはまだ、寝不足くらいで済んでるけど。

「まるで呪いの楽譜だよ……」

やっぱりゆりなはストレスでおかしくなったんじゃない。

あれが、あの楽譜がいけないんだ。

「……あ、ごめん緋宮。呪いとか、変なこと言って。ゆりながあまりにもおかしくなってるし、オレの調子も悪いから、もう呪いとしか思えないと思って」

「いえ……あながちまちがいじゃないかもしれませんよ」

「は？」

耳を疑う。

冗談かと思ったが、せいらの顔は真剣だった。

「よければ少し移動して話しませんか。この曲を聞きながら話すのは……望月くんには、あまりよくないと思うので」

「――怪異対策コンサルタント？」
「ええ。小学校5年生からのことなので、もう3年目になるでしょうか」

家の近くの児童館に移動して。

オレは、せいらとあらためてむきあって、話をすることにした。

「緋宮がオカルトの悩みを解決するって……あんまり似合わないな。そういうのにくわしいイメージ、あんまりないや」

「そうですか？　これでも、けっこうお悩み解決の手助けをしてるんですよ」

「へぇ」

よくわからないけど、すごいな。

なんでオカルトの悩み限定なのかはわからないが——昔からこまってる人を助けたいって正義感を持ってるやつだったし、まあ、その流れだろう。

「でも、楽譜が呪われてるって、本気か？」

「呪術師や、才能がある人、よくも悪くも異常なことを成し遂げた人の念がこもった物が、呪物になることは、実はけっこうあるんです」

徳川家の縁者をたくさん斬り殺したことで、徳川家に災いをもたらすとされた『**妖刀村正**』、

もともとは若くして死んだハリウッド俳優のもので、その後持ち主を不幸にしつづけた**『ヴァレンティノの指輪』**、

殺人鬼トーマス・バズビーにとりつかれ、座ったものがみんな死ぬとされる**『バズビーズ・チェア』**――。

「特にバズビーズ・チェアは、今現在も博物館に展示されています。まちがってもだれも座らないように、天井からつりさげられてね。ほら」

「うわあ……マジか」

実際に呪われたイスが展示されている写真をスマホで見せられ、ぞッ、とする。

じゃあ、楽譜が呪われてるってことも、あながちありえないことじゃないのか。

「でもどうしてそんな呪われた楽譜がうちに……？」

「それはわかりませんが……もしかしたら本当に呪われているかもしれないので、調べさせてもらえませんか。もしかしたら、対処法がわかるかもしれません」

「調べてくれるのはありがたいけど、いいのか？　せ……緋宮はあぶなくないのか」

「だいじょうぶですよ。望月くんは心配性ですね」

せいらがくすっと笑う。

照れくさくなって頭をかくと、目の前に真っ赤な紙がさしだされた。

「じゃあ、こちらにサインをおねがいします」

「契約書？　なんか本格的だな。でも、なんでこの紙こんな真っ赤なんだよ……」

「ふふふふ」

意味深に笑うせいら。……うっ、フンイキが変わっても、やっぱりかわいい。

とにかく、【怪異性アリ】――つまり楽譜が本当に呪われていたら、【助言】か【指示】をもらえるってことだよな。

まあ、せいらがだいじょうぶだというのならだいじょうぶなのだろう。オレは赤い契約書にサインをする。

【契約者学年・年齢・氏名】

1年3組　13歳　望月洸希

「これでいいか？」

「はい、ありがとうございます」

満足げに笑い、せいらが契約書をかばんにしまう。

「では、さっそくふたつほど【助言】を。

まず、ひとつ目。これはゆりなちゃんの様子からして少し難しいと思いますが、もうなるべくあの曲を弾かせてはいけません」

「まあ、だよな……」

あの楽譜の曲を弾きつづけること自体もちろんいやな感じがするが、その前に、ゆりなはあの楽譜にこだわりすぎてどんどん不健康になっている。

鍵盤をたたきつづけたせいで、指は皮がめくれ、血だらけになってしまった。手当てをしても、追いつかないくらいだ。

母さんもおかしい。ちょっとのことでヒステリックにさけぶし、すっかりやつれている。

オレだけがなんとかまともだけど、頭痛と寝不足で体調は最悪だ。

「でも、やめさせたり、ピアノから引きはなしたりするのは、一応いまもやってるんだよ。

土日に遠いばあちゃんちにつれていこうとしたり……」

でも、ダメだった。

長い時間楽譜からはなれると、あばれだす。具合が悪くなる。病院に行かせようとしたときのように、正気を失うのだ。

だから、はなれさせたくてもなかなかはなれさせることができない。

「そうですか。まるで、麻薬みたいな楽譜ですね」

「だな」

麻薬などの違法な薬物は、やめようと思っても、どんどんつぎのものがほしくなって、やめられないらしい。

そして薬が切れると、イライラしたり、幻覚を見たり、正気を失ってしまったりするのだとか。

いまのゆりなはまさに、その麻薬中毒者のようだ。

「では、できるだけでいいので、ピアノから引きはなす時間を増やしてください。あとは、望月くんもおばさまも、極力あの曲を聞かないようにしてください」

「極力、聞かない……」

「ええ。曲がひびきはじめたらすぐに耳をふさぎ、イヤフォンかヘッドフォンで音を遮断するように徹底してください。おばさまもそうすれば、少しはおちつくかもしれません。望月くんも聞きつづけるとあぶないです」

いまだってすこぶる顔色が悪いですよ、と言われて、オレは自分の顔をさわる。

引っ越し前より、ほおの肉がこけているような気がした。

……呪われた曲を聞いたら、聞いた人も呪われるというわけか。

(そうだよな。聞かない方がいいよな)

だってあの曲を聞くと無性に腹が立つ。

黒板をツメでひっかくような不快感が、頭を満たす。

それでもなんだか、聞かなきゃいけないような気がするのは……あの曲が、麻薬のようなものだからか。

「わかったよ。母さんにもそう伝える」

「よかった」

せいらが安心したようにほほえみ、立ちあがった。

「かならず、ゆりなちゃんのためになるようなコンサルティングをしますので。待っててくださいね」

4

また、オレはあの重苦く気味の悪いメロディで目を覚ました。

――ピアノの音が、リビングから聞こえてくる。ゆりながあの曲を弾いているんだとわかった。

(マジか、またかよ。まだ真っ暗だぞ)

ねぼけまなこをこすって辺りを見まわすが、夜が明ける気配はない。

あくびをしながら時計を見れば、まだ2時だ。

1階におりていくと、鍵盤にむかうゆりなは、例のごとく一心不乱にピアノを弾いている。

「ゆりな！　おい、やめろって……うわ、おまえ、ツメが」

鍵盤をたたくゆりなの指のツメはわれていた。

血が、白い鍵盤をよごしている。

「もう弾くなってば！」

せいらの【助言】を思いだして、楽譜を譜面台からうばいとる。少しでもゆりなをピアノから引きはなさなきゃ、本気でまずい！

するとゆりなは、とんでもなくするどい目でオレをにらむと、「返せえ！」とさけんでつかみかかってきた。

まるでバケモノのようだった。

「ちょ、やめ……ゆりな！」

「返せ！　かえせかえせかえせかえせかえせかえせかえせかえせかえせかえせ」

あばれるゆりなが、楽譜をとり戻そうともがく。

なんでだよ。こんなものに、どうしてそんなに執着するんだよ。

イライラする。どうしようもなくイライラする。

ふりかぶったゆりなのツメが、ガリッとオレの手の甲をえぐった。

「痛って……このっ！」

一気に頭に血がのぼった。

「なにすんだよっ！」

そして。

――気がついたらオレは、思いっきりゆりなの肩を突き飛ばしていた。

がしゃーん！　というハデな音がして、ゆりながピアノのイスを巻きこんでころぶ。

「あっ……」

一気に血の気が引いた。

ウソだろ。……オレ、いま、なにした？

まさか、小学生の妹を突き飛ばしたのか？

「ごめんっ、ゆりな！　ケガは、」

「楽譜……楽譜……がくふ……がくふ……」

オレの声を無視して、ゆりなは床にはいつくばり、落ちた楽譜をひろいあげた。

そしてよろよろ立ちあがると、イスをもとの位置に戻し、座りなおす。オレの方を一切見ず、つづきを弾きはじめる。

「ゆ、ゆりな……？」

オレは呆然として、妹を見た。

ころんで背中を打ちつけて、痛いだろうに。

ゆりなは、そんなことはどうでもいいとでも言うかのように、ピアノを——。

「うるさあああああい！　なんなのよッッこんな夜中にいいいいいいッッ」

ばん！　という大きな音を立てて、リビングのドアが開く。

「か、母さ」

「いい加減にしなさいよおおお！」

母さんはゆりなに飛びつくようにして近づくと、その首根っこをつかんで、イスから引きずり下ろす。イスから落ちたゆりながまた立ちあがり、鍵盤に手をのばそうとする。

オレは呆然とした。

——ああ、おかしくなっているのは、ゆりなだけじゃないのか。

母さんも、変になってしまっているのだ。

だって母さんは、ふつうなら、こんなふうにヒステリックにオレたちを怒鳴ったりしない。妹に暴力をふるうこともない。

「その不気味なピアノをやめろ！　やめろって言ってんだろおおおおおお!!」

「母さん！　ゆりな……うっ」

頭がずきずき痛む。立っていられなくて、座りこむ。

こわれていく家族を、オレはどうすることもできずに見ているしかなかった。

5

――ダメだ、とても解決策をのんびり待っていられない。

昨晩のことを受けてそう思ったオレは、また1組に乗りこむことにした。

「ごめん、緋宮。妹のことで、ちょっと話があるんだけど」

するとせいらは、意外にもおどろかずにこう言ったのだ。

「いいタイミングでしたね。わたしも望月くんに話があったところだったんです。……放課後は、空いていますか？」

「それで、オレに話って？」

放課後。

オレとせいらは連れ立って学校をでて、オレの家にむかう。

「もしかして、あの楽譜のこと、どうにかできるかもしれないのか？」

「ええ、一晩考えて結論を……その話の前に、ゆりなちゃんや、おばさまの様子はどうですか」

「ふたりは……、もっとおかしくなってる」

顔は土気色になり、ほんの小さなことでも怒鳴る母さん。

そしてほおはこけ、目だけがらんらんとして光っている妹。

特に、血まめがつぶれた指で、ヨダレをたらしながら同じ曲を奏でつづけるゆりなは、もはや怪物のようだった。

――東京で、天才と呼ばれてキラキラかがやいていた妹の姿を思いだす。

ゆりなばかりがほめられるのを見ることについて、正直、兄としてフクザツな気持ちはあった。だがそれ以上に、オレはゆりなをほこらしく思っていた。

なのに、いまのゆりなは、見る影もない。

「どうしてこんなことに……」

妹が、母さんがなにをしたっていうんだ。なんでこんな目にあわなきゃいけないんだ。どうして呪いの楽譜なんかが家にあるんだ。おかしいじゃないか。

「ふたりを返せよ……っ！」

思わずさけんだところで、ハッと我に返った。

……そうだ、いまはせいらと一緒にいるんだった。せいらに怒鳴るのはおかしい。

「ごめん、いきなり。とり乱して」

「**……いえ。では、あまり時間はありませんね。急がないと**」

それだけ言うと、せいらが足を速めた。オレもあわててそれにならう。

「楽譜の処分の方法ですが、それほどフクザツじゃありません。やろうと思えば、すぐ終わります」

「そう、なのか。どうすればいい？」

「**カンタンですよ。望月くんの手で、楽譜を燃やせばいいんです**」

楽譜を燃やす？　……オレの手で？

それだけなら、まあ、たしかに難しくはない。ゆりなのスキを見て楽譜をうばい、庭で火をつけ、燃えたら消火すればいいだけだ。

「でも本当に、それだけでいいのか？」

「はい。ああでも、ただ捨てるだけではダメですよ。きちんと燃やさないと呪いは浄化されません」

「浄化……」

そんなこと、オレにできるのか。

マンガにでてくるキャラみたいに、ヨコシマなモノを浄化する！　みたいな力なんてこれっぽっちもないぞ――。

そんなことを考えながら、家の前で足を止めた、そのときだった。

――ガッシャーン!!

雷が落ちたかのような、ものすごい音がした。オレの家のなかからだ。

防音対策をしているのに、こんなに外にひびく音がするなんて――いったい、中でなにがあったんだ?

「どうやら、ゆっくり話しているよゆうはなさそうですね」

せいらが、呆然と固まるオレの手首をつかむ。

「行きますよ!」

そしてそう言って、ダッとかけだす。

その背中に、おてんばだったころのせいらの背中が重なった。

「母さん、ゆりな！　なにが……うわっ!?」

リビングにかけこむと、そこはひどく荒れていた。

一番ひどい有り様なのは、ピアノだった。天板がひどく傷ついていて、へこんでいる。そのそばには、大破したダイニングチェア。

そして、母さんがたおれていた。

「まさか母さん、チェアでピアノをなぐったのか……!?　なあ、どうしたんだよ母さん！　だいじょうぶか！　なにがあったんだよ！」

抱き起こした母さんはすっかり気を失っているようだった。白目をむいて、泡をふいている。

まさか、ピアノをこわして、むりやり演奏を止めようとしたとか？

とんでもないけど……いまの母さんの様子なら、やりかねない。

「なら、ゆりなは……あっ、ゆりな！」

あわてて辺りを見まわせば、ゆりなは床をはいずり、**「楽譜、楽譜、楽譜」**と言いながら床にちらばった楽譜を集めていた。

そして、ぜんぶ集め終わったのか、**「アハハハハハハハハハ！」**と甲高い声で笑いだす。

……とても聞いていられなかった。

「やめろ、ゆりな！　もう弾こうとするなってそんなの！」

ゆりなはオレの声を無視して、楽譜を譜面台に立て、ピアノのイスに座る。

ダイニングチェアのせいでか、ぐちゃぐちゃになった鍵盤に手をのばす。

「望月くん！　ライターです」

「ありがとう！」

せいらが、どこから見つけてきたのか、ライターを投げてくる。

オレはそれを受け止めると、譜面台から楽譜をとりあげた。

「がえせぇ！」

「返すか！」

顔色を変えたゆりながあばれる。

オレはブンブンふりまわされる手をかわし、紙にライターの火を近づける。

——だが。

「え、な……なんで」

ぜんぜん、燃えない。火がつかないのだ。どれだけ燃やそうとしても、まったく。

「う、ぐ……」

しかも、この楽譜を持っていると、どんどん頭が重く、目の前が暗くなるようだった。

……もう、いいんじゃないか？

なぜか、そんな暗い考えが、頭をよぎった。

妹なんて助けなくても。

親は、ゆりなばっかり構うじゃないか。オレの悩みも苦しみもすっかり忘れて、ゆりなばかり見る。

そうだ、全部ゆりなが悪い。だったらこのまま、ゆりなには――。

「――洸希！」

そのとき、するどい声がした。せいらの声だった。

「しっかりしなよ！　ゆりなちゃんを助けるんでしょ！」

「！」

その声で、ようやく我に返る。

そうだ。ゆりなを助けるんだろうが。なにを考えてたんだ、オレは！

「っあああ！　燃えろ――――っ！」

もう一度、ライターの火を紙に近づける。

瞬間、火が紙に燃えうつり、一気に燃えあがった。

（やった！）

オレは心のなかでガッツポーズをすると、赤い炎のなかに消えていこうとする楽譜を、あけておいた窓から庭に投げた。

そして外には、水のたっぷり入ったバケツを用意しているせいら。

燃えカス同然となった楽譜は、火の粉を散らしながら、せいらの手もとにあったバケツに消えた。

――音が、やむ。

「**……あ、れ……**」

そして、どこか呆然としたような、たどたどしい声が聞こえてくる。

勢いよくそちらの方向を見れば、ゆりかがぽかんとした顔で立ちつくしていた。

その目からは、狂気は消えている。

呪いがとけたのだと、一目でわかった。

「おにい、ちゃ、あたし……わっ」

「ゆりな！」

疲労と、寝不足と、体調不良。ぜんぶが一気におそいかかってきたのか、ゆりなの身体がかたむいた。

たおれそうになるところを、あわてて抱き止める。……びっくりするほどかるい身体だった。

「**なんで、かな。お腹、すいた……**」

「そりゃ、そうだよ。ずっと、まともに食べてなかったんだから」

「**あと指……痛い……**」

「治るよ、ちゃんと。前みたいに、ちゃんとピアノ、弾けるようになるよ」

自分の声がふるえているのがわかる。

——よかった。もとに戻った。呪いが終わったのだ。ゆりなは麻薬のような楽譜から解放されたのだ。ゆりながだいじょうぶならきっと、母さんもだいじょうぶだ。

オレは庭にいるせいらを見た。

せいらは苦笑いと、安心が、混ざりあったような笑みを浮かべている。

それは昔、オレが鉄棒に失敗してケガをしたとき、手当てをしてくれたときのせいらの表情とそっくりだった。

『しょうがないなぁ、洸希はどんくさいんだから』

（……なんだよ）

お嬢様みたいになって、ミステリアス美人とか、古賀には冷血なやつとか言われてるけど。

せいら、ぜんぜん、変わってないじゃんか——。

6

——そのあとゆりなと母さんが、たおれたのだから念のためということで救急車で運ばれることになり、オレとせいらは救急車に同乗した。

ゆりなと母さんは一応今日は入院することになり、オレとせいらは暗くなる前に家に帰りなさいと言われた。

「今日は、ってか、今回は大変なことに巻きこんでごめん。いろいろ助かったよ」

バス停でバスを待ちながら、オレはとなりに立つせいらに言う。

せいらは「いえ」とみじかくこたえると、目をふせた。

「もう呪いは、だいじょうぶなんだよな？」

「だいじょうぶだと思いますよ。望月くんが燃やしたので」

「そっか……。でも、なんでオレが燃やさなきゃいけなかったんだ？　呪いにかかってたのはゆりななんだし、ゆりなが燃やした方が呪いを断ち切れそうな気がしてたけど」

目をふせていたせいらが、ゆっくりとこちらをむいた。

「……わかりませんか？」

「え。あ、うん」

カンタンなことです、とせいらが目をほそめた。

「あの呪いの楽譜を生みだしたのはあなただからですよ。望月くん」

「………は？」

なにを言われているのかわからなかった。

オレが、あの呪いの楽譜を生みだした、だって？

「5年も前のことですから、忘れてしまいましたか」

「なに、なんのこと……」

「でも、このことは忘れていませんよね。あなたが過去、いまのゆりなさん以上に、ピアノの神童とたたえられていたことは」

「………」

オレは、自分の手を見下ろした。骨が、わずかにまがった指。

——たしかに、オレは。

8歳のころ、重たい荷物を手に落として、手にひどいケガを負うまでは、ピアノの神童と呼ばれていた。

「よく覚えていますよ。天才少年として地元のテレビやラジオにもでていましたよね。幼なじみとしては鼻が高かった」

「**緋宮**」

「あなたの才能は演奏だけにはとどまらなかった。作曲の才能にもひいでていた。もちろんプロや音大生にはかなわないけれど、それでも、いくつものピアノ曲を書いていましたね」

「**……やめてくれ**」

「でも、あなたはケガですべてを失った。思うように手は動かなくなり、ピアニストにはなれなくなってしまった。……わたしは覚えていますよ。あのときのあなたが、どれほど悲しんでいたか。苦しんでいたか」

「**やめろよ**」

「あまりにも無念だったでしょうね。さらによくないことに、あなたがピアノを失ったタイミングでゆりなちゃんのピアノの才能が明らかになった。

妹ばかりをほめそやすようになった周りを、うらんだんじゃないですか？」

「やめろってば！」

さけぶ。

これ以上聞きたくなかった。思いだしたくなかった。

しかしせいらはやめなかった。

硬い声で、**「だからあなたはあの楽譜をつくった」**と言った。

――才能がある人間が強い想いをこめると、呪いの念となってモノに宿ることがある。

「手をケガしてピアノが弾けなくなり、その怒りと悲しみをもってあの曲を書いた。この曲を演奏する人間が、オレのように不幸になればいいと。弾きつづけて、指も身体もこわしてしまえばいいと」

だから、【神童】望月洸希の想いは呪いになったのだろう。

せいらは、そう言う。

「あなたは神に愛された天才だった。だからこそ呪いをつくりだすことができた。しかも、とびきり人を惹きつける呪いを」

「覚えてない。知らない、そんな曲」

「あのときの望月くんなら、半狂乱で曲を書いてもおかしくなかったと思います。だから、覚えていなくてもムリはありません。……いいえ、もしかしたら忘れたい記憶だったから、封印してしまったのかもしれませんね」

オレは手を見下ろす。いびつな形の手、指。

……本当に、オレがつくった楽譜なのか？

8歳の子どもが書いた曲だったから、バラバラな印象だったのか？

オレも、せいらも、なぜかあの曲に聞き覚えがあったのは、オレが自分で書いた曲だったからなのか。

「おばさまはひどく錯乱してしまったのに、望月くんへの影響が少なかったのは、呪いを生みだした張本人だったからですよ」

「そんな。ちがう、オレは……」

ぐ、と強く拳をにぎりこんだ。

「オレはたしかに、ゆりなに嫉妬してたかもしれない。オレはケガしてピアノを失ったのにおまえばっかり、って。でも……あんなふうになれなんて思ったことはない！　ゆりなはオレの妹なんだぞ！」

「——**わかってますよ**」

「えっ」

せいらがふたたび目をふせる。そして、静かに言う。

「あなたはどうにもならないうっぷんを作曲で晴らそうとしただけ。だから書きあがった……つくりあげた呪いを、家族のだれにも見せずに、引っ越し作業でもしないとでてこないような家の奥にしまいこんで、そのまま『なかったこと』にしたんでしょう」

「緋宮……」

「でもね、なかったことになんてできないんですよ。『しまう』だけじゃ、『とりだす』こともできてしまう。

だから、呪いを解くには、望月くんが望月くん自身の意志で、呪いの大本を燃やしつくすしかなかったんです」

――そういうことだったのか。

妹を傷つけるつもりなんてなかった。母さんを苦しませる気もなかった。

でも、結果的にオレのせいで、妹は辛い目にあった。

せいらがいなければ、家が崩壊してしまうところだった。……本当に、あぶなかったのだ。

(あやまらなきゃ)

ゆりなにも、母さんにも。

そうしたら、また、ちゃんとやりなおせるだろうか。

「緋宮、ありがとな。本当に」

「いいえ。これがわたしのやるべきことですから」

「古賀が……あの、1組の古賀優がさ、利用されるから、おまえにあんまり関わるなって言ってたんだ。だから、もしかしたら会わなかった5年のうちに変わっちゃったのかなって思ってたけど、ちがった。おまえは昔のやさしい緋……いや、せいらのままだった」

よかった、せいらがせいらのままで、と、オレがそう言うと。

せいらがすっ、と目をそらした。

「**いいえ。もうわたしは以前のわたしじゃありません**」

「……えっ？」

「やさしくなんかありません。古賀くんの言うとおり、わたしはだれかのこまりごとにつけこんで、自分の望みを叶えようとしているだけです」

「せいら……？」

せいらはこたえない。こちらも見ない。

とまどっているうちに、バスがきた。オレの家の最寄りのバス停には止まらないバス。

せいらはそれに乗ろうとしているらしい。かばんから交通系パスをとりだしている。

このまま行かせちゃダメだ。そう思い、オレはあわてて言った。

「な、なにか悩みがあったら言えよ。オレはその、おまえの味方だから。いや、ほかに相談相手がいるなら、そいつでもいいし」

そこまで言ってふと思いだす。

オレにゆりながいるように、たしか、せいらには——。

「そうだ。オレでムリなら海に言えよ。仲、よかっただろ。弟と」

「言えません」

拒絶すら感じる、冷ややかな声だった。


「海はもういない。——ほかならぬわたしのせいで、いなくなってしまったんです」


バスがせいらの前に止まり、自動扉が開いた。

せいらがバスのステップに足をかける。

「だからわたしは海をとり戻さなくてはならないんです。……どんなことをしてでも」

「せいらっ」

自動扉が閉じる。バスが発進する。肩をつかんで引き止めようとのばした手が、むなしく宙を切った。

「海が、いなくなった……？」

せいらは、オレを一度もふりかえらなかった。
どういうことなのか、まったくわけがわからなかった。

エピローグ

『緋宮せいらが弟を失ったってのは本当だ。緋宮が小4のころ、事故に遭ってるんだよ。いまもまだ目が覚めてないんだ』

――海はもういない、と。

そう言ったせいらの真意についてなにか知っているかもしれないと、あのあとオレは古賀に連絡した。そうしたらすぐにメッセージでそう返信があった。

海が……せいらの弟が事故に？

でも、どうして目が覚めていないだけなら『もういない』なんて言ったんだ？

まだ生きてるし、元気になる可能性はのこってるん、だよな？

（……それに）

オレは古賀からのつづきのメッセージに、身ぶるいした。

『実はな、99枚集めると、なんでもねがいがかなう【赤い契約書】っていう都市伝説があ

るんだ。緋宮がうさんくさい、怪異対策コンサルタントなんてものをやってるのは、ねがいをかなえるためだとおれは思ってる』

——じゃあ、つまり。
せいらは海をとり戻すために、あの赤い契約書を集めてるってことなのか？
（あんな気味の悪い、赤い紙が、ねがいをかなえる？）
ありえない。そんなハズがないって、そう思う。
——でも、呪いは実際に存在した。
それなら、ねがいをかなえる都市伝説だって否定できないことになる。
赤い契約書ってなんなんだ？
どうしてそんな都市伝説が生まれた？
せいらはどうやって、あの赤い紙を手にいれたんだ？
どうして、海が『いなくなった』ことを、自分のせいだなんて言ったんだ？
「せいら……」
なにか彼女の役に立ちたいと思っても、オレはただ——、バスに乗りこんでふりかえろうともしなかった、せいらの背中を思いだすことしかできなかった。

つづく

あとがき

みなさん、こんにちは。日部星花です。

『死にたくないならサインして』２巻、手に取ってくださり、ありがとうございました。

こわい話を書いてはいても、日部は実はこわい話が大のニガテです。

小さいころは特に、ニガテなくせにこわいもの見たさで、学校の怪談やおばけの本やらを読み、その日の夜ねむれなくなるのなんてしょっちゅうでした。

おばけは怖い話をしているときに、

あるいは怖い話を書いているときに、

そして、怖い話を読んでいるときに——やってくるといいますよね。

いまこの本を読んでくれているみんなのうしろに、おばけがいる……なんてことがないといいな、と思っています。

ほかにも、作り話のおまじないや、呪いなんかのお話は、たくさんの人に『読まれたり』、『知られたり』することで、ホンモノの呪いになってしまったりするそうで。日部は、怖い話を友達とすることもニガテでした。

あれ？

ということは、たくさん印刷されて、本屋さんにいっぱいならんでいて、たくさんの読者さんに読んでもらっているこの本に、呪いの言葉を書いたら――それがホンモノになったりとか、しちゃうんでしょうか。

じゃあ、私の地元に伝わる、20歳まで覚えていたら死んでしまうという呪いの言葉を、試しに書いちゃったりしたら……。

……なんちゃって。冗談冗談。でも、こんな風に、みなさんの日常のあらゆる場所に、呪いや怪異はひそんでいますから。気を付けてくださいね
じゃあみなさん、ぜひ、次のお話でお会いしましょう。

日部星花

※日部先生へのお手紙はこちらに送ってください。
〒101－8050　東京都千代田区一ツ橋2－5－10
集英社みらい文庫編集部　日部星花先生

死(し)にたくないならサインして

自業自得(じごうじとく)／さとるくん／呪(のろ)いの楽譜(がくふ)

日部星花(ひべせいか)　作

wogura(をぐら)　絵

ファンレターのあて先
〒101-8050　東京都千代田区一ツ橋2-5-10　集英社みらい文庫編集部
いただいたお便りは編集部から先生におわたしいたします。

2025年3月26日　第1刷発行

発行者	今井孝昭
発行所	株式会社 集英社 〒101-8050　東京都千代田区一ツ橋2-5-10 電話　編集部 03-3230-6246 読者係 03-3230-6080 販売部 03-3230-6393（書店専用） https://miraibunko.jp
装丁	神戸柚乃＋ベイブリッジ・スタジオ　中島由佳理
印刷	TOPPAN株式会社
製本	TOPPAN株式会社

★この作品はフィクションです。実在の人物・団体・事件などにはいっさい関係ありません。

ISBN978-4-08-321895-8　C8293　N.D.C.913　184P　18cm

第14回みらい文庫大賞
大賞受賞作
死にたくないならサインして
作 日部星花
絵 wogura
正義の味方か？地獄の使者か？
超・新感覚ホラー!!
第2弾大好評発売中!!

好きなひとの好きなひと。

~はじめての恋は、三角関係~

大親友と同じ人を好きになったら、

どうする——?

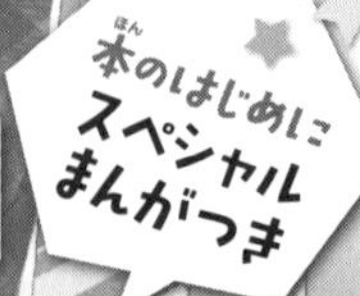

小桜すず 作
桃白茉乃 絵

2025年4月18日(金)発売予定!!

私、豊崎仁菜は今日から中学1年生！
大親友の雫と同じ中学に入れて夢みたい！
雫は引っこみ思案だけど超美少女で、
私とは正反対。でもなにより大切な友達。
入学早々、サッカー部のイケメン4人組と
知りあっちゃった!?　と思ったら、
雫がその中のひとり、真田くんを、
もしかして好きになった…？ でも私も真田くんと話すと、
楽しいのに胸が切ない。この気持ちはいったい――？

すべての
女の子に
おくる！

きゅんと切なさがすれちがう、

三角関係ラブ

サッカー部の
キラキラ4人組✦

小4からの大親友

真田朝陽
圧倒的なビジュとサッカーの上手さをほこる、クール系イケメン。

神永 爽
大人びた王子様系男子。大人気アイドルのメンバーでもある！

南波 航
やんちゃ系イケメン。仁菜と小学校が同じで、よくからかってきてた。

矢野春輝
両親は音楽家。楽器がプロ級に上手い、かわいい系美少年。

豊崎仁菜
元気で運動が好き！ 女子力はちょっと低め？ 雫はなにより大切。

如月 雫
芸能事務所にスカウトされるくらいの超美少女。男子が少し苦手。

新しいカギ
学校かくれんぼ
オリジナルストーリー
小学生のガチバトル!
あの人気番組企画がまさかの小説に!?
土曜よる8時フジテレビ系列にて放送中
CHOCOLATE PLANET
CONTE
HANACO
SHIMOFURI MYOJO
新しいカギ
新しいカギ(フジテレビ)・原案
小川 彗・著　みもり・絵
大好評発売中!
学校か

「みらい文庫」読者のみなさんへ

言葉を学ぶ、感性を磨く、創造力を育む……、読書は「人間力」を高めるために欠かせません。たった一枚のページをめくる向こう側に、未知の世界、ドキドキのみらいが無限に広がっている。これこそが「本」だけが持っているパワーです。

学校の朝の読書に、休み時間に、放課後に……。いつでも、どこでも、すぐに続きを読みたくなるような、魅力に溢れる本をたくさん揃えていきたい。読書がくれる、心がきらきらしたり胸がきゅんとする瞬間を体験してほしい、楽しんでほしい。みらいの日本、そして世界を担うみなさんが、やがて大人になった時、「読書の魅力を初めて知った本」「自分のおこづかいで初めて買った一冊」と思い出してくれるような作品を一所懸命、大切に創っていきたい。

そんないっぱいの想いを込めながら、作家の先生方と一緒に、私たちは素敵な本作りを続けていきます。「みらい文庫」は、無限の宇宙に浮かぶ星のように、夢をたたえ輝きながら、次々と新しく生まれ続けます。

本を持つ、その手の中に、ドキドキするみらい――。

本の宇宙から、自分だけの健やかな空想力を育て、〝みらいの星〟をたくさん見つけてください。

そして、大切なこと、大切な人をきちんと守る、強くて、やさしい大人になってくれることを心から願っています。

2011年 春

集英社みらい文庫編集部